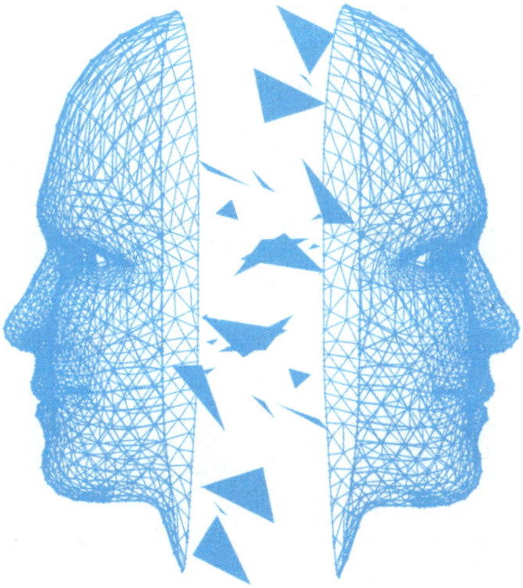

METAVERSE

高泽龙◎著

元宇宙 2086

中国出版集团公司
華文出版社

图书在版编目（CIP）数据

元宇宙2086 / 高泽龙著 . -- 北京 : 华文出版社，
2022.3
ISBN 978-7-5075-5582-0

Ⅰ . ①元… Ⅱ . ①高… Ⅲ . ①长篇小说—中国—当代
Ⅳ . ① I247.5

中国版本图书馆 CIP 数据核字 (2021) 第 277293 号

元宇宙2086

作　　者：高泽龙
责任编辑：聂文聪
出版发行：华文出版社
地　　址：北京市西城区广外大街 305 号 8 区 2 号楼
邮政编码：100055
网　　址：http://www.hwcbs.com.cn
电　　话：总 编 室 010–58336239　　发 行 部 010–58336253 58336202
责任编辑 010–58336255
经　　销：新华书店
印　　刷：北京欣睿虹彩印刷有限公司
开　　本：710mm × 1000mm　1/16
印　　张：12.5
字　　数：126 千
版　　次：2022 年 3 月第 1 版
印　　次：2022 年 3 月第 1 次印刷
标准书号：ISBN 978-7-5075-5582-0
定　　价：58.00 元

道生一，一生二，二生三，

三生万物，万物归元。

目
录

第一章　缘起　001

第二章　最强“捉妖师”登场　019

第三章　决战章鱼怪　033

第四章　复仇　055

第五章　游戏杀人事件　073

第六章　脑复制完成　103

第七章　太空城　119

第八章　石符　151

后记　188

第一章　缘起

2086年，元网络已经完全取代了互联网，人们的生活、娱乐、学习、工作很多都在元网络中完成。因为元网络高度发达、无孔不入、沉浸无感，这就造成“虚拟”和“现实”重叠融绕，难辨其真。人、网、物三者浑然一体，或许这就是几十年前所谓的“元宇宙”。

在漆黑的夜色中，一架深黑色的作战飞行器幽灵般地突然出现在山区上空，几个全副武装的人从飞行器上纵身跳下，小型降落伞自动打开，他们降落在一片荒凉的空地上。其中一个人躲在岩石后开始装配狙击枪，其他人向三四百米外灯火通明的山体监狱进发。

苏瑶是唯一的女队员。她向前走着，忽然侧方蹿出一只野猫——不，那不是野猫——分明是她最爱的咪乐！苏瑶愣了一下，咪乐不是在家里吗？她看了看远处的灯光，看了看计时表，向那只黄猫走去。

她刚走了两步，地面忽然塌陷，天旋地转，飞沙走石，半空中出现了歪歪扭扭的两行字：“获取服务器列表失败，请检查网络连接后重试。java.net.ConnectException:Connection timed out[①]。” 但游戏并没有结束，四周开始被迅速重新构建、着色并渲染。

苏瑶恢复平衡后站稳，端着枪机警地看向各个方向，却发现她已经置身于一片美丽的海滩。细碎洁白的沙滩、摇曳多姿的椰子树，烈日当空，远处是散步、划船和冲浪的游客，大海的浪涛声和海鸥的叫声此起彼伏。

她发现没有什么危险，将枪挎了起来，摘下作战头盔，擦了擦额头上的汗。估计是系统故障！她抬起胳膊，手臂上出现了蓝色全息屏幕：“当前主题：嗨+威基海；游戏类型：休闲放松；身份：游客；金币：2160254；元身[②]：自由客；公会：无……”

一个戴着大黑框眼镜、穿着白T恤和牛仔短裤的男生走了过来，他看起来很干净，人畜无害的样子。男子轻轻地挥了挥手，弱弱地说：“嗨，我——是我帮的你，我把你从《石狨社》救出来了，我们现在是在另外一个游戏里。”

“噢，是吗？我以前也可以进入别的游戏啊！”苏瑶不信。

“你的元身被智能合约锁定在了《石狨社》，永久被限制了。没错，

① 网络连接超时，是一种网络连接中常见的错误。

② 元网络中，在区块链中存在的身份。

你是可以到别的游戏中随便玩，但是你的头顶会出现一个‘逃逸者’的标识，我没说错吧？”他有点急了，气鼓鼓地说道。

苏瑶想了想，除了《石狝社》，自己玩别的游戏，头顶确实会出现标记，引得人们总是投来异样的目光。她抬头看了看，现在确实什么都没有了。

苏瑶前后走了两步，以前她离开设定的任务范围，行动就会变得极其缓慢，甚至抬腿都很困难，现在却很正常。“咦，乖乖，难道我真的摆脱了师父的魔爪？”她按捺住内心的喜悦，冷冷地问道，“猫呢？那个黄色的猫呢？你把它藏到哪儿了？”

“哦，那其实是一段代码！是你家咪乐的复制品。”

“复制品？你想干什么？”

“我——我没想干什么啊！”

“嘿，你这人怎么这样，我把你救出来，你还这么凶！”

“好吧，我跟你说，我经常到你画廊看你的作品，后来我查过你的身份，知道你的avatar[①]角色是雇用杀手，需要不断地赚金币给《石狝社》来还债赎身。我就开始研究如何破解智能合约，解除你们区块链上的关系。”

“哦，你是做什么的？”

“我是你的粉丝，我叫晓鹏，我是个博士，还在读书！”

---

① 化身，尤指电脑游戏或聊天室中代表使用者的化身。

“读书？还有这样的角色！嘿，有意思！”苏瑶没忍住，笑了出来。

她抬起胳膊看了看，来回走了两步，看来这是真的啦！她高兴地跳了起来，她将枪械扔在沙滩上，脱去了作战服，甩了甩被压平的粉色的长发，感觉无比轻松和自然。她高兴地跑到了远处，跳了好多次，然后跑进海水，让海浪拍打着她的腿。她捡起几个贝壳，欢呼着把它们扔回了大海。

这是很长时间以来她第一次笑得这么多、这么开心。

男子张着嘴，看着苏瑶。青春的皮肤泛着光泽，紧身打底服勾勒出曼妙的线条，丰满的胸让她的身材显得更加凹凸有致。男子看得有些发呆，他的眼神温柔可爱，仿佛那位女生的幸福和快乐都是自己的幸福和快乐一样。

苏瑶玩了一会儿后走回来，盯着男子看了一会儿，把手搭在他的肩膀上。“以后你跟我混吧，姐罩着你，咱们一起闯荡世界，打抱不平，降妖除魔！对了，你叫什么？”

“我叫晓鹏。”

北京，望京，洛河花园，一个圆形的灯火通明的游戏舱内，一个叫苏若瑶的清瘦的女生，戴着游戏眼镜，正站在一个“运动毯”上面，她高兴地跳了几下，来回走动着。几分钟后，她将游戏眼镜摘下来，晃了晃脑袋，用手捋了捋被压平的金黄色长发。

她几步走出由无数黑色小圆珠铺成的一两米宽的运动毯，把游戏眼镜挂在墙上。她点击墙上的开关，仓顶与四周的摄像头和灯光组成的密集矩阵便消失了。苏若瑶揉了揉眼睛，坐在沙发上喝了一口水。

苏若瑶拉开游戏舱的门，黄色的咪乐像个沙包一样滚了进来。

“又在这里等妈妈啦，我就知道乐乐会扒着门等妈妈的。”

“你知道吗？妈妈好开心的，我退出了《石狲社》，而且没损失我的元身，我终于自由啦——”苏若瑶双手举着咪乐转了两圈，咪乐懒洋洋地蹬了两下腿儿，“喵”了一声。

苏若瑶抱着咪乐走到落地窗前，欣赏着外面的夜景。

不远处就是中心城区，那里到处闪烁着光芒，变幻着迷人的色彩，立体全息广告正在城市上空播放。建筑的轮廓与灯光融为一体，像是沐浴着灯光的旋律，又像是舞动的少女变换着身姿。地面汽车的灯光形成或宽或窄、璀璨绚丽的光带，近处是波光粼粼的湖面，流光溢彩，像一块块五颜六色的宝石，熠熠生辉。这是一座绚丽多彩的不夜城，这是一个梦幻般的世界！

站了一会儿，苏若瑶坐到了客厅的沙发上，电视屏幕自动亮起，她抬头正好看到屏幕旁边母亲的黑白照片和前面点燃的蜡烛，她的心情瞬间跌入了谷底。

两年前那幅令人撕心裂肺、痛心疾首的场景历历在目。2084 年 6 月 29 日下午，苏若瑶和父亲在医院守护着病床上的母亲。父亲戴着 VR（虚拟现实技术）眼镜正在参加公司的远程会议，苏若瑶正在用电子画板进行创作，妈妈在床上安详地躺着睡觉，心电图监测仪的屏幕上有规律的波形延展着，可是突然发出了“嘀嘀”的警报声音。

父亲和苏若瑶马上停下手中的工作，父亲立刻叫护士来，护士说这个需要找主治医生，可是给主治医生司徒然打了很多个电话却无人接听。父亲急了，让护士找别的医生，护士却说每个病人有专门负责的医生，别的医生对患者的病情可能不了解。父亲、苏若瑶和两个护士开始在医院到处寻找司徒然，但都没找到。不料，苏若瑶在返回病房的时候，透过楼道大门的玻璃却突然看到了司徒然的面孔。苏若瑶推开楼道的铁门，看到司徒然和一个女护士衣冠不整地抱在一起，旁边台阶上摆放着他们两个人的手机。

因为抢救不及时，母亲去世了，苏若瑶坚信母亲的死是因为没有得到及时的救治。苏若瑶的父亲对医生破口大骂，却被保安按倒在地。他们投诉医生，可医院怕承担连带赔偿责任把自己的责任推卸得一干二净。楼道没有监控，苏若瑶又拿不出有力的证据证明母亲的去世是因为司徒然玩忽职守造成的，最后事情只能不了了之。

苏若瑶无数次咬紧牙关，发誓必报此血海深仇，但是她知道，自己身单力薄，面对魁梧的司徒然没有胜算，而且就算自己把他杀了，自己这辈子也就毁了。苏若瑶曾经想整容后接近司徒然将其毁掉，无奈要将自己整成另一个人，费用根本不是她这样的普通家庭所能承受的。苏若瑶曾经半夜偷偷潜入司徒然的办公室，没找到任何线索和证据，倒是发现司徒然是个重度游戏迷，其在游戏世界的身份是《石狱社》中的社长——石符。

后来父亲一直生病，苏若瑶只好一直隐忍，变得沉默寡言，最后干脆辞去了工作，成了一名自由职业者——画师。

苏若瑶坐在客厅的沙发上开始发愁。司徒然几乎将所有资金都投入了游戏，在虚拟世界中创建并运营着《石狨社》，使《石狨社》成为鼎鼎有名的杀手集团，同时也为司徒然创造了巨额财富。苏若瑶化名苏瑶想进入游戏毁灭石符，却因为年轻无知，签下了卖身契！

两年来，游戏中的苏瑶已经成为社长石符最厉害的弟子，赢得无数次社赛冠军，多次圆满完成重大刺杀任务，苏瑶功高位重却很少能见到社长——也就是司徒然在游戏世界的化身！

社长石符藏得太深了，他直接用意念和法令控制社员，几乎从来不露面，偶尔出现还是个替身。石符有无数个替身！

“人们不是常说‘善有善报，恶有恶报’吗？怎么颠倒过来了！”想到这些苏若瑶把牙齿咬得“咯咯”响，“唉！这可怎么办？这么多年都没在游戏里摧毁社长，现在自己却退出了游戏，唉！我刚才居然还那么高兴，我怎么这么傻啊！”

“好你个什么鹏，你还敢在这里晒太阳！你把我害惨了，你知道吗？”苏瑶看到刚才的男子躺在沙滩椅上，正在舒舒服服地晒太阳，气就不打一处来。

“你把我害惨了，你知道吗？你知道吗？”苏瑶一边拳打脚踢，一边大声叫骂。

“大姐，刚才你不是挺高兴的嘛，这会儿又咋啦？”晓鹏一边躲闪，一边问道。

“你知道啥啊！我在《石狨社》是要报仇的！我正事儿还没干呢，

你把我弄出来，现在怎么办？”

“有什么正事儿啊？我真不知道你有正事儿！我听好多《石�社》的玩家都说那里面是人间地狱，我才想办法救你出来的。你知道我费了多大劲儿才找到程序漏洞的，我写代码加调试用了好几个月呢。”

“好吧，好吧！不打你了，你说现在怎么办？”

“你想回去肯定是回不去了，你的元身已经不属于《石�社》了，你也登录不进去了。”

苏瑶把晓鹏一把推到地上，自己坐在沙滩椅上，开始挠头想办法。

晓鹏爬起来坐在地上，推了推眼镜说：“大姐，要不这样，我住的地方有空闲房间！”

苏瑶瞪了他一眼：“你什么意思？”

“大姐，我没别的意思。可租可售，您怕什么。”

“嘿，”苏瑶突然站起来，“我是不是对你太好了？你忘了我的身份了！”苏瑶一抬胳膊，手枪绕着指头飞快地转了起来，晓鹏都没看到她拔枪的动作。

苏瑶说：“在《石�社》，你虽然是个路人，但是我一枪崩了你也能赚几个金币。”

晓鹏说：“姐，你说你这么漂亮，还这么暴力！都快吓死宝宝了。每个游戏都有不同的规则，你要是在这里杀了我，最低判终身监禁，而且你的所有金币都得充公。”

“兄弟，你真的是太年轻、太幼稚、太单纯！我让你待会儿看看你的腿是怎么折的！”

苏瑶把枪收起来，眨了眨眼。她用手抓住太阳伞的伞柄，轻轻一握，伞柄的钢管顿时变得皱巴巴的，稍微一用力，伞柄折了，遮阳伞倒向一侧。

“姐，以后你就是我亲姐，整个元世界里，我只认你，可以了吧？”

“姐！你看你裤子上都沾上沙子了，我给你抖抖。”

晓鹏刚说完就消失了，苏瑶很快就收到一段文字信息：“很高兴认识你，我叫何小鹏，我是一名托马斯工程师，我回去上班了。等我下班后带你去美丽的璟谧湖湖畔。”苏若瑶刚想退出游戏，又收到一条信息，有一张图片她没打开，文字信息是：“这是我的专属座驾，看起来像一辆 MPV（多

用途汽车），其实是由三辆托马斯车组成的工程车。”

VLAND①，阿米德无人区的璟谧湖湖畔，一个大型建筑的屋顶敞开了，一架破旧的飞行器缓缓地降落了下去。驾驶舱内，晓鹏向苏瑶介绍说：“元世界的无人区有很多，有的是因为尚未开发，有的是因为系统故障或程序错乱，有的是因为主人死去或密钥丢失，这个阿米德是因为之前核动力飞船坠落引发放射性污染而被隔离的。不过，你放心，经过多次检测，核污染已经可以忽略不计了，这里环境优美，最重要的是便宜，这么大一个废弃的水产品冷冻基地每年的租金只有几千个金币。”

① 虚拟局域网。

两人从飞行器上下来，晓鹏继续说：“咱们现在是在基地内一艘小型飞船的起落台，这个飞船可能是坏了，反正特别老旧。飞船里面有多个舱，物资舱是最大的舱，我买了物资舱和另外三个舱，你可以把剩下的买下来或租下来，这个地方的价钱还是很便宜的。”

苏瑶没有说话，跟着晓鹏走进了几十米长、六七米高的物资舱，里面就像是个大车间，几米高的货架，中小型起重机，切割器、焊接器、铸模机等各种机器一应俱全，遍地都是叫不上名字的设备和各种原材料，操作台、游戏舱、计算机、健身设备等都放在另一侧。

“那是我玩游戏、工作、上课的地方。别看我年纪小，但我有三个博士学位和数千项发明专利，我是自学成才的，所以我上网课的时间也不是特别多，主要还是混学历。别介意，特别乱，啥都有。操作台上是我正在研究的机甲，超级无敌，别看你厉害，我要是穿上机甲，你肯定打不过我。”

“噢，是吗？我是合成人，比机器人战斗力还强，你不知道吧！”苏瑶转身走向机甲，边走边说。操作台上的机甲只有上半身，看上去是很常见的那种，苏瑶用手指敲了敲，没有任何声响。晓鹏把手掌按在机甲上，机甲迅速消失，瞬间穿戴在了晓鹏的身上。晓鹏有点得意：“哈哈，我跟你说，我的机甲可不一般，在整个元世界都是屈指可数的。”

“就这东西！”

“嘿，什么态度！开枪射我。”

苏瑶拔出奥地利格洛克 27 型手枪，想了想，开枪打在机甲边缘，子弹竟然变成铜饼掉落在了地上。她又试了试 H&K MP15 冲锋枪，结果也一样。她换成 B9 激光枪正要开枪，只见晓鹏已经跪倒在了地上，大声喊着：“大姐，住手，激光枪我还真没试过！”

“那你的机甲也没啥啊，我看过有的机甲用激光炮轰都不怕！”

“不能这么说，你看弟弟像吃素的吗？”晓鹏站起来后拍打了下胸脯，机甲立刻融化消失了，“你不懂，你真不懂，这种材料放在整个元世界的文明中都至少排在前十名，虽然不是我发明的，但根据我的研究它的深度至少排在前三名。”

“好吧，好吧，算你厉害！你主要收入来自哪方面，靠父母养你吗？”

“唉，我有个很悲惨的身世，说出来都是泪啊！我是个试管婴儿，还做过基因改良，虽然我找到了我的父母，父亲也给过我几年的生活费，母亲却根本没理过我。我平时主要靠卖我的这些科技发明赚钱，我赚的钱也不少，账户里有四五百万金币呢。”晓鹏说着亮出了自己胳膊上的显示屏。

“你怎么这么傻啊，不能露财炫富，你不懂吗？”

“你虽然凶，但是你没那么坏！”

“坏人脸上会写坏字吗？笨蛋！”苏瑶转身走出了物资舱，她沿着通路向前走去。几个屋子的门都没关，一个是住的地方，一个是盥洗室。

晓鹏快走了几步，想叫住苏瑶，可苏瑶已经走进了另一个屋子。屋子的屋顶和墙壁都是白的，显然是后来喷刷的，墙上挂满了各种屏幕，用于展示数字艺术品，有电动汽车的中控屏，有老式 IPAD[①]，有液晶屏电视，也有裸眼 3D 的巨型屏幕。

一个全息投影的《王者荣耀》中的一个美女，“看到”有人进来便招了招手，双手掀起蓝底花裙，旋转两圈后便成为墙上一张静止的图片。靠近门的地方还有一个 Sandbox[②] 中的圣诞树，一个 Cryptopunk[③] 的头像仿品，还有一张 Roblox[④] 二十周年的动态海报。

晓鹏有些不好意思，苏瑶已经走到了屋子中间，所有的电子设备开启，她仿佛进入了一个红黄的世界，有静态的穿着大红裙子的仕女图，有群碟飞舞的 GIF 动图，有一些穿橘色服饰长相夸张的儿童、羚羊、青蛙和机器人，有几幅黄色猫咪为主题的作品，还有些脑洞大开的 VR 视频的片段。

新的场景出现，两人置身于一望无际的向日葵地，金灿灿的画面中，孔雀的头探了出来，它慢慢地张开红色的翅膀，整个屋子内便刮

---

① 苹果旗下的平板电脑。

② 虚拟游戏平台，曾以一块虚拟土地以 430 万美元的价格，创下了元宇宙房地产交易价格的新纪录，打破了 Decentraland 平台创下的 243 万美元纪录。

③ 一系列 24×24、8 位元风格像素的艺术图像，刻画外貌奇特的人物，共有 10000 个，各自均有假定的个性和随机生成的特征。

④ 一个大型多人在线游戏创作平台，角色是类似乐高的模型。

起了红色的沙尘暴，金黄色的向日葵花瓣开始纷飞、开始流淌……

苏瑶和晓鹏捂着口鼻，一边咳嗽，一边从屋子里跑了出来。苏瑶指着已经恢复如初的屋子问:“那些不是我的作品吗?”

“对啊，都是我收藏的，我买过你一百七十三幅作品呢。”

“好吧，看来你还真是我的粉丝，看来我以后真得把你当兄弟来照顾才行。”

晓鹏听后，“嘿嘿”傻笑起来。

“我以后不当杀手了，那你说我接下来该做点什么呢?”

“我不知道，反正我要拼命赚钱，我要打造宇宙最强机甲，这点儿钱根本不够，还差得远呢。”

“我比你更着急赚钱！我刚才在 OpenSea[①] 搜了下，这可是一艘太空飞船，而且卖家承诺可以正常使用。你买的那几个舱只是这艘飞船很小的一部分，剩余的部分，买下来需要七百五十万金币。”

“你进入资产交易页面，有两种方式，一种是‘租金抵扣’，就是租金缴纳到七百五十万自动获得所有权；另外一种是‘无风险购买’，先付七百五十万，你如果将来不想要了，可以随时支付租金，扣除租金后剩下的就返还到你的账户了。你把金币打入到卖家账户，触发智能合约，这个飞船除了我买的这部分，剩余的部分就会自动登记到你的名下。”

① 号称全球最大的 NFT（非同质化代币）交易市场。

“好的。我只有二百多万，还好不够一千万，我的金币数量每次达到一千万就会被《石狘社》自动扣掉。那你说做什么可以赚到钱呢？”

“最近向我买装备的，都在玩一个游戏叫《捉妖师》，听说玩这款游戏很赚钱，打个怪能赚几十万呢。这是我最近看到最赚钱的项目，比去炒地皮、卖装备、抢银行还赚钱，有几个在火星开矿的，现在斥巨资开始培养大批量的捉妖师了。”

“噢，我可不想给别人打工，被别人利用。”

“我没说让你去打工。玩《捉妖师》并不需要进入某个游戏，在整个元世界都可以玩。有些妖兽、怪物、外星人有时会从游戏中跑出来，当然黑客、恶意软件也会在元世界兴风作浪，元世界安全防务局忙不过来。捉妖师是一种民间维和部队，跟雇佣兵也很像。”晓鹏犹豫了一下，问，“要不咱俩搭档？”

“你吗？可是——”

“我购置武器，提供装备，我的机甲完成后你要是感觉有用，咱们赚到钱后分钱！”

“好吧，你的机甲要是真有那么强，咱们五五分成！”

“没问题！我的装备，加上你的本领，咱们肯定能赚大钱。我不要五，分多少你说了算，你给多少我要多少，我就是你的跟班！”

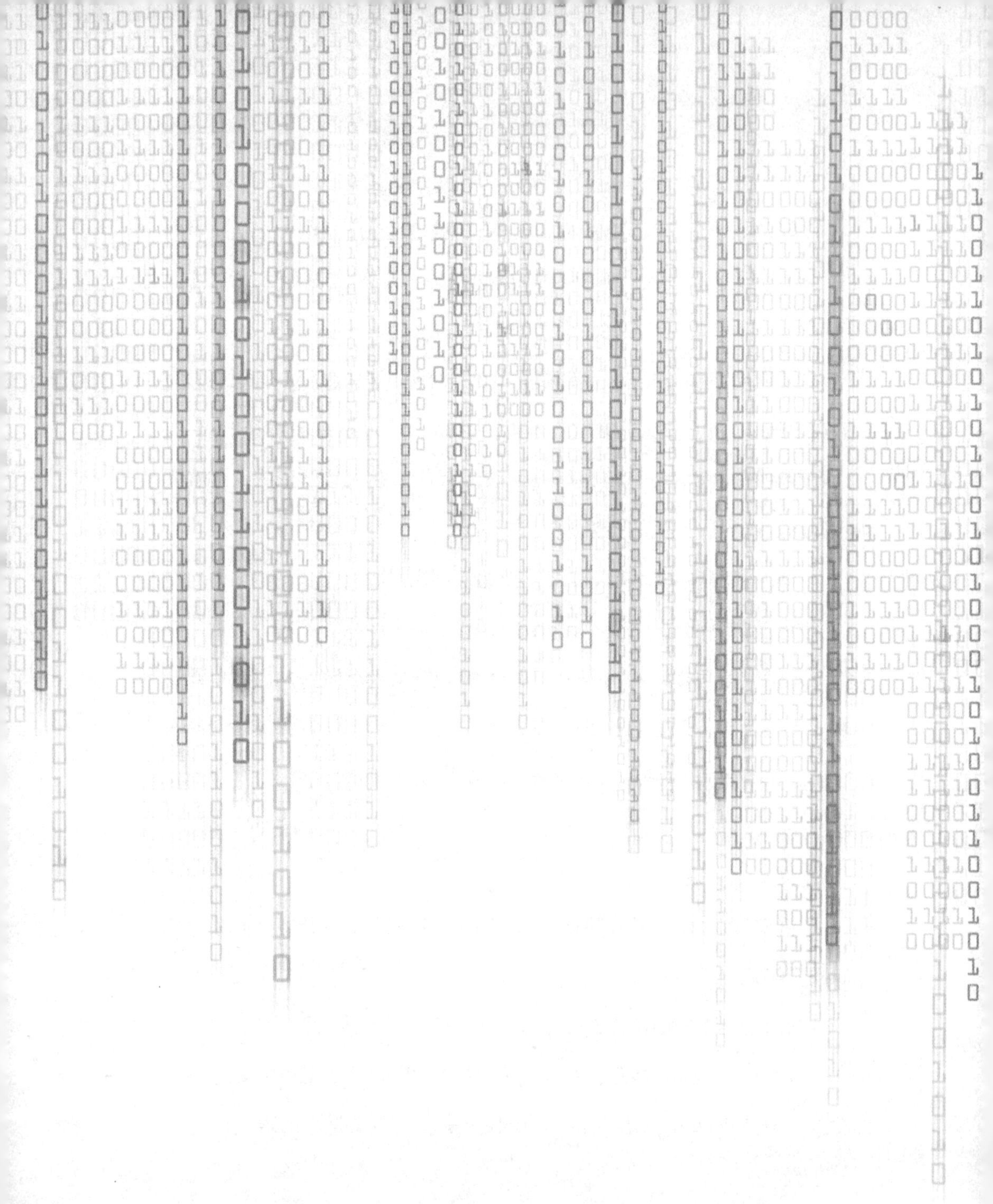

第二章　最强“捉妖师”登场

元世界，VLAND 游牧区，爆闪灯发出一束束耀眼的光芒，几架飞行器停在草地上，不远处，一辆房车白色的外壳上血迹斑斑，周围也是一片狼藉。

几个全副武装但是不同打扮的人正在来回走动，除了前面车头，房车大部分遭受了不同程度的暴力破坏，可以看到从硬币大小的窟窿眼到一两米宽的大洞，房车外壳上还有很多条划痕和撕扯的痕迹，地上有一条还在流血的人腿。

一只机器牧羊犬的零件七零八散，脑袋已经从身体上脱离，一些连接它们的部件和数据线裸露了出来，一条机器腿被抛在了一两米远的地方。

养殖大棚内的一个角落，有人正蹲在地面仔细核查，地面上已经血流成河，两头奶牛被啃咬得只剩下了头部和骨架，周围的智能栏东倒西歪，体能检测仪与医护仪、食槽等散落一地。

一架喷有 Z 形符号的特种武装飞行器降落在稍远一点的地方，一个古铜色皮肤、粉红色头发、身材火辣的女人从飞行器上走下来。她站住，举起酒瓶仰头喝了几大口，然后把瓶子扔到了地上。

她向前走着，皮肤中涌出的金属小颗粒自动装配成贴身的银色机甲，机甲上还装备了很多常用武器和设备，机甲的背部有一个由字母“Z”和一把刺向上方的紫色的剑组成的标志。

她拍了拍滚圆的臀部的机甲，两架微型无人侦察机像两只苍蝇一样腾空而起，一架向大棚飞去，另一架开始在四周侦察。

囤草堆内，有一个小男孩和他的奶奶，奶奶是这家牧场主的用人。小男孩指着粉发女郎说：“奶奶，奶奶，有人来了。”

奶奶也正在看向那边，轻轻应了一声。

小孩：“她是做什么的啊？”

奶奶：“你看她背后的Z字就知道她是个捉妖师了，捉妖师是降妖打怪的。”

小孩：“那刚才那些人是干什么的？”

奶奶：“刚才那些人离得远，奶奶看不清楚，不过应该也是捉妖师吧。”

小孩：“那等我长大了我也要当一个捉妖师！”

奶奶狠狠地拍了一下小孩的脑袋，呵斥道：“当什么当啊！你有几个脑袋啊？那都是刀尖上舔血的差事！你刚才还吓得半死，现在你又

能耐了?!”

老太太说得没错，这个粉色头发的正是捉妖师，她就是威震八方的“苏瑶”。

苏瑶走了两步，看了看自己的装扮，自言自语道:“算了，我还是低调一些吧!”她的机甲瞬间变为最常见的机甲。

她钻进了房车里，只见里面的家具、隔墙、电视、餐桌等碎的碎、烂的烂。苏瑶头盔的高精镜头，超声波、红外线、微波的探测仪和激光雷达不停扫描着各个方向的图像，标尺、参考线、水平线、测距仪等组成的蜂巢状的网格构成了智能视觉系统的一部分，所有信息被实时进行计算和处理，同时也传回了晓鹏家中的大型超算器上。

苏瑶来来回回地巡查了几

个屋子，然后走到家庭终控器面前。她把手放在主机上，无数个画面在客厅的全息电视屏幕上自动播放起来，苏瑶用另外一只手左右翻找，打开了家庭监控设备的视频录像。只见房车被剧烈地撞击，屋内的餐具、壁柜的红酒、钟表等纷纷掉落在地上。

只见房车的外壳被什么坚硬的物体（像是一把把尖刀）不断地插透，里面的人吓得尖声惊叫，有女人开始绝望地哭泣起来。很快房顶被撕开了一个大洞，男主人向屋顶开了两枪，可是很快被跳进屋子的怪兽杀死了，怪兽继续将其他人杀死后，三口两口啃食完尸体就跳了出去。

苏瑶将画面定格放大，能看到怪物像是一条长了很多脚的鱼，扁条的身体，前面两对大螯像四把锋利无比的大刀，身上长满了尖刺。

苏瑶找到大棚内摄像头的监控视频，看到的也是这样一个怪物。户外的微型侦察机传回了图像及数据，在东北方向两公里外的一个小水坑旁边发现了零星血迹，水坑四周有很多杂乱的脚印，图片被智能识别处理，自动将脚印做了多种排列组合，其中一组和怪物趴在地上啃食尸体的模拟效果相符。

武装飞行器腾空而起，经过小水坑后继续向前飞行，地面上出现了东倒西歪的一大片树林，中间有一个黑洞，像一只眼睛望向天空。

苏瑶将飞行器设定为自动驾驶模式，打开舱门，纵身跳下。全身的机甲自动穿戴了起来，武器装备瞬间就位，双脚底部的“荷电粒子驱动器”自动启动，苏瑶缓缓地降落在了洞边。她在洞口安装了一张纳米超能粘网，然后向洞中投掷了两枚白磷烟幕弹，很快白色粉末伴着烟火升腾起来。

苏瑶正在等待收网射杀的时候，怪物突然从旁边灌木丛中一个非常隐秘的洞中像饿狼一样扑了过来，苏瑶并没有闪躲，而是向怪物“砰砰”开了几枪，子弹打到怪物身上像是软糖一样纷纷掉落。

眼看怪物就要扑到苏瑶身上了，说时迟那时快，苏瑶向侧面翻身一转，滚落到两三米开外。苏瑶用手指轻轻地敲打了下枪，SR-2M冲锋枪自动变身为 K8 激光枪，苏瑶冲着怪物快速又开了几枪，只听怪物“嗷嗷”叫了两声，硬壳被射穿，蓝色的液体流了出来。但是，怪物并没有停止进攻，反而更加疯狂地冲了过来。

苏瑶打了个手势，纳米超能粘网飞起来向怪物扑去，粘网罩在怪物身上后自动闭合，然后迅速收缩。怪物被困在网里，但是仍然到处乱撞，周围的几棵树被拦腰撞断，倒在地上或者斜插在地面的树木被推挤着飞向空中。刹那间，烟雾弥漫，飞沙走石，地动山摇。

苏瑶向怪物走过去，没想到怪物迅速膨胀，像是迅速充气的气球，蓝色的液体“滋滋”冒出来，全身的钢毛竖立起来，扎入地面和树干中。

纳米超能粘网被绷得几乎达到了极限，怪物的两对大螯和利齿不断切割着绳索，眼看就要割断绳索了。苏瑶瞄准怪物，又开了几枪，周围仿佛下起了蓝色的雨，液体从怪物体内像是强烈节奏下的音乐喷泉一样喷涌而出。

怪物又挣扎了几下，“咣当”一声倒了下去。

她朝空中连续挥手拍打了两下，半空凭空出现了复杂的游戏界面，她用手指点了下“跟拍模式”，一个方框中马上出现了“录像中……（Recording…）”的实时画面。她调整了下角度，站在怪物旁边，摆了几个 POSE（姿势），有故作恐惧的、有举枪射击的、有搔首弄姿的、有双手叉腰的……

忽然，怪物的一只螯钳挣扎着从网眼里伸了出来，向她挥舞着砍去。她一边拍照，一边抬起胳膊，“砰砰”几枪，大螯的关节被射断，一只像铡刀似的螯钳掉落在怪物身旁。

VLAND 领区内，不少息战状态的捉妖师纷纷抬头看，金币“哗啦啦”从空中洒落，多彩的烟花在空中点燃。

游戏屏幕上显示“PLAYER[①]：苏瑶；PREY[②]：拉比特星—多足狼鱼；金币值 CREDIT：112731”，苏瑶在捉妖榜的排名又靠前了一位，重新夺冠，一个带着“Z”字的王冠图标很快出现在了苏瑶的头像上。

阿米德无人区的璟谧湖湖畔，一个大型建筑的屋顶敞开，一架喷有 Z 形符号的特种武装飞行器缓缓地降落了。苏瑶走进浴室，温度合适的富氧山泉水从四面八方轻柔地喷射出来，像是按摩一样将苏瑶带到了舒服放松的状态。

苏瑶戴上了一个透明的玻璃帽，大玻璃帽开始自动清洗她的长发，头发像是粉红色的画笔在玻璃里面肆意飘摇，画出炫动的图案。苏瑶看着镜子中棒棒糖一样的自己，哼起了小曲儿。一会儿，四周自动吹风后，她裹着浴巾回到了自己屋里，从桌子上拎起一瓶伏特加，喝了两口，把自己扔到床上就睡着了。

她迅速进入了梦乡，睡得很昏沉。不知过了多久，她感觉大脑被

---

① 游戏人。
② 猎物。

一阵电流强烈地刺激，她在床上来回拼命滚动，全身间歇性地抽搐，她挥手用力却砸在了旁边的床头柜上，小钢片扎进她的手中，把她疼醒了，她张开手将碎片拔了出来，然后她的伤口迅速愈合，还把里面的碎末也推到了新皮肤的表面。

她坐在床上，呆呆地望着前方，脑中一片混沌，就像刚刚发生过大爆炸的图书馆，没有秩序、没有规则、没有逻辑……她感觉不到意识，也完全失去了记忆。她就那样，像一个布娃娃一样坐着，几分钟后，她的记忆逐渐恢复了。

“我的肌肉和皮肤都是超能材料的，我拥有和人类几乎一模一样的身体。”

“我的血液是蓝色的。”

“我的骨骼是镭奥托金属的。”

“我有大脑吗？我的大脑呢？”

“我是被师父救活、养大的，师父把我培养成了人。”

随后，她的眼前出现了一个痛哭流涕的中年妇女，画面中的母亲悲痛欲绝，但那是苏瑶大脑中最美好、最幸福的画面！

苏瑶忽地站起来，快步走上前想抱住母亲，却重重地摔倒在了地上！

桶状的管家机器人胖呆呆从屋顶沿着轨道、闪着急促的红光迅速赶了过来，两个戴橡胶垫的机械手迅速降下来，抓住苏瑶的胳膊，将她放回床上。

苏瑶睁开眼睛，像是什么也没发生过一样，看着惊慌失措的管家机器人胖呆呆。

苏瑶问：“你又吵我睡觉，是不是？！”

胖呆呆回答：“瑶主，不是的，你刚才做噩梦，又摔到床下了，我——”

“你是不是皮又痒了？”苏瑶一边说着，一边伸手去床头摸她的飞镖。

胖呆呆四只眼睛从桶状的身体中伸了出来，看了看屋顶钉上去的十几个飞镖，大喊：“瑶主又发疯了！谁来拯救这个寂寞女人啊！”胖呆呆一边收缩眼睛和机械手，一边沿着轨道跑向晓鹏的屋子。

阳光明媚，万里无云，次日十点钟左右，苏瑶和晓鹏来到距离他们较近的 U28 工业区最热闹的地方——园区交通枢纽的摆渡车发车站。苏瑶穿着白雪公主的黄蓝色裙子，她把头发染成了黄色，在皮肤上涂抹了很多增白霜，脖子上挂着个咬了一口的苹果，头上戴了个红色的发卡。

晓鹏站在一个机器猫的塑料硬壳里面，戴着大框眼镜，满脸的憨笑。

每当有人群走过，他们两个就摇摇晃晃地凑过去：“免费赠送，声感报警 KID——免费发放了啊。”“冰箱贴、发圈、头绳、平安符、小

挂坠，别看都是小东西，关键时候能救命。只要你大喊救命，就会立即报警！”

啥反应的路人都有，有的人顺手取走一个，有的人摆摆手笑笑走过，有的人敲打机器猫的脑袋外壳，有的人则高兴地和两人攀谈，有和苏瑶聊得火热的，也有和晓鹏寒暄聊天的。

有个大胖子指着苏瑶说：“这个白雪公主贫血了吧？脸太白了！”一堆人哈哈笑了起来，苏瑶懒得理他们，用手打了个枪杀的姿势。

有人当场质疑，问：“喊救命会有人来救我吗？超人还得穿好裤衩才出门，谁能比超人还厉害？”

有人起哄：“现在就测一下，我大声喊‘救命啊——救命啊——救命啊’，没反应吧，骗小孩子的把戏！”

两个人忙到十一点，已经没有上班的人经过了，苏瑶和晓鹏累得躺在绿化带的树荫下休息。

苏瑶忽地坐起来，把脖子上挂着的塑料苹果像投篮一样扔进了垃圾桶，恶狠狠地说：“你这个兔崽子出的什么馊主意啊，我可是堂堂第一捉妖师，你让我来这儿发传单，让我来发传单！”

她把红发卡摘下来打晓鹏，晓鹏在地上乱滚，一边喊：“姐姐住手啊，要不是我每天给你想招儿，寻线索找怪兽，你也登不上冠军榜啊！你以为找只怪兽就容易吗？这年头，治安这么好，哪儿有什么怪兽啊？噢，好吧，我错了！别打了——别打了——”

苏瑶从地上捡起酒壶，“咕咚咕咚”喝了两口，说：“好吧好吧，今天就先打到这儿！走吧，姐带你吃好吃的，你想吃啥？”

晚上，苏瑶不断收到大师兄黑石的脑联网通话请求，她不断抗拒着，但还是接通了。

大师兄黑石说：“师父让再问你一次，为了提升《石狱社》的整体作战能力，需要复制你的大脑。师妹，师父把咱们养活这么大，人总要知恩图报吧！你不能只考虑自己，太情绪化啊！”

苏瑶笑了笑，说：“师兄，我知道，其实这也没什么，但是我真的不愿意，你们总不会逼迫我吧！”

黑石师兄说：“好吧，那你多保重吧！”

苏瑶说：“好的，代我向师父问好！”

一身黑色武士服的黑石挂断了电话，向师父报告：“苏瑶还是不肯贡献她的大脑！而且我们还是无法对其定位，可能是内置的大脑芯片已经坏掉了。”

一个头发花白、穿着条纹西装、戴着眼镜正在抽烟的老者吸了口烟气，慢慢地吐了出来，突然，他狠狠地砸掉了桌角，拂袖而去！

第三章　决战章鱼怪

几天过去了，也没什么怪兽的线索。又一个多星期过去了，晓鹏发现网上关于 B3 工业区有人失踪的爆料和讨论多了起来，B3 工业区大部分是容易造成污染的生产企业或低端组装厂家，也有很多政府屡禁不止的黑工厂。两人决定过去一探究竟。

一架喷着“Z”形标志的特种武装飞行器缓缓地降落在 B3 工业区一栋楼房的屋顶，苏瑶和晓鹏沿着楼体外部的一部多年无人使用的金属楼梯缓缓地走了下来。两人沿着一条路向前走，路两边是一些矮层建筑的断壁残垣，大街上破破烂烂的，杂草丛生，连路灯都没有。

他们继续向前走，前面出现了一些路灯，路灯的灯光略显昏暗，但是让人心里亮堂了很多。街道两边有一些正在营业的门面房，有字符和图案组成的霓虹灯，迷幻的灯光下，站着一些搔首弄姿的女人，有的成熟丰满，有的妖艳美丽，有的清纯靓丽。

这时，从对面走过来一队刚刚下班的男工。他们的额头、胸脯、胳膊上挂着汗滴，衣衫褴褛，有的在大声说笑，有的在嬉戏打闹，但是可以看出大部分处于疲惫状态。两边的姑娘见这么多人过来，纷纷开始卖弄风情。有的男人被迷住了，谈了两句就被带到了屋里。

有个女人把身体贴在一个瘦老头儿身上，做出撩人的姿势，老头儿撒丫子向前跑去，其他男人讥笑："老刘头儿，你跑什么跑啊，搂搂抱抱又不用给钱！"队伍中有的男人被带进了小屋内，大队伍回宿舍休息去了。

人很快就散得差不多了，晓鹏问接下来去干啥，苏瑶看路口有一个老旧的酒吧，就拉着晓鹏进了酒吧。两人进去后，看见刚才那个老头儿坐在吧台，喝着最便宜的一种糠渣酒，老头儿旁边正好有张四人桌。苏瑶坐下后，示意服务员上了三桶德国慕尼黑的啤酒，还有三大杯上好的苏格兰威士忌，服务员很快就上了酒。苏瑶拍了拍老头儿，示意有老头儿一份，老头儿刚开始没好意思，但是看苏瑶非常豪爽，而且晓鹏一眼就能看出是个忠厚老实的人，于是也就不再客气，坐了下来。

老头儿端起自己一个星期工资才能买到的大桶慕尼黑啤酒连着喝了十几口，解了解馋，喝完后连呼好喝、过瘾。三个人推杯换盏，又喝了一些，聊了些无关痛痒的话题。老头儿也是明事理的人，很识趣

地问苏瑶能为苏瑶做点儿什么。

苏瑶便问道:“刚才贴着你身上的那个姑娘，看起来挺好的嘛。”

晓鹏说:“嗨，大爷肯定是银子不够呗!”

老头儿说:“对啊，不过也不全对！我告诉你个秘密，绝对值这个酒钱，哈哈。两位是外地人吧？多亏你们问我，如果你们进了那个小屋，现在可能就出不来了，是死是活都不好说。”

老头儿端起威士忌的杯子，连着喝了几口，酒精开始发挥作用，他胆子大了起来，话也就多了起来。老头儿继续说:“小伙子，你要是没请我喝酒，哪天你进去了，小命可能就没了。你说你请我喝酒值不值?”

老头儿说完后转向苏瑶，说:“女人应该不会去那种地方吧?”

苏瑶正在抽烟，停顿了一下，未置可否。

这时，一个满脸长满胡子的中年男子端起老头儿剩下的啤酒大口大口地喝起来。老头儿刚想发火，回头看了看，是自己同组的工友，就没有作声。

长满胡子的男人打了个饱嗝，说:“你们别听老头儿危言耸听!我同屋的老张，去了两三次了，每次都玩得挺嗨，回去能炫耀两个钟头。”

老头儿一听急了，说:“唉，你这人怎么这样，咱们队的四眼、麻花辫子、愣头青三个兄弟，不都是去了之后就没了吗?”

胡子男说:“哪儿啊，大张说他看见四眼从另外一个屋子出来了，后来踉踉跄跄往回走。大张要去扶四眼，四眼说不用，自己能走回去。”

晓鹏问：“这里这么多工人都是从哪儿来的？在这里做什么？”老头儿和胡子男互相看了看，默不作声。苏瑶看到两个工人不回答就不再问了，大家继续喝酒。

苏瑶点了根烟，胡子男也想抽烟，向苏瑶要了根烟，老头儿看了看也想抽，却说他已经戒烟好几年了。苏瑶说：“这是人造烟叶，已经没有尼古丁和重金属这些物质了。”

苏瑶给了老头儿一根，然后看了看晓鹏，说她请客让晓鹏去街边找一个女人去玩玩。

晓鹏急道：“嘿！你怎么这样，我这还——”

苏瑶不以为然地说：“嗨，男人嘛，成为真正的男人，将来才能称霸花丛。”

两个上了年纪的老男人也跟着瞎起哄，不断怂恿晓鹏。晓鹏一副生无可恋的样子离开了，出门的时候回头看看，苏瑶已经开始和两个老男人划酒拳。

晓鹏看外面街上已经几乎没什么人了，正想回酒吧，却见一个招牌为“爽”的店门打开了，一个青春靓丽的女人把晓鹏拽了进去。晓鹏仔细一看，这个女子年龄不大，金发明眸，披着薄纱，充满少女的青春和懵懂，身体尚未发育好的样子。虽然稍微有些胖，但是肌肤白亮细腻，有一种青涩的感觉。

晓鹏直直地看了几十秒钟，几乎全部是他喜欢的女性的特点，他就半推半就跟女人进了屋。女人光滑的肌肤贴在他胸部后，两个人很快便拥抱在一起，从一面墙换到另外一面墙，然后晓鹏又被压在沙发上，很快两个人又滚到了地板上……

晓鹏有点儿庆幸自己的选择，心想今天的钱哪怕全花光也不心疼，原来和女人亲昵是这种感觉。

突然晓鹏脑袋被重物狠狠地敲击了一下，趴在地上昏迷不醒。晓鹏在被打晕前的一刻，大脑作出的反应是——看来自己设计的机甲存在缺陷！晓鹏和苏瑶的机甲都是镆波拉超级金属制成的，在任何危险出现前机甲都会瞬间组装起来，像很多层护盾一样将人的身体牢牢保护起来。机甲可以避免身体受到各种常见武器和极端环境造成的伤害，说简单点儿，就算发生小型核爆炸，只要不在爆炸核心区域，机甲内的人也不会受伤。

缺陷是什么呢？那就是当体内睾酮、雌激素、多巴胺、血清胺、催产素快速上升或者含量很高的时候，机甲会自动停用，晓鹏担心两个人的亲密动作触发机甲组装或攻击，对双方造成伤害。怪不得苏瑶从来不谈恋爱呢，看来做个专业的捉妖师还真不是一件简单的事情，每时每刻都可能成为人生的最后一刻，随时都会有生命危险！

酒吧的桌子上趴着两个喝得烂醉如泥的男人，还没走出酒吧的门，苏瑶就收到了晓鹏受到袭击的危险信号，根据晓鹏的位置信息，苏瑶很快找到了这家招牌为“爽”的门店。苏瑶一枪打开门，冲进屋里，一层没人，有个楼梯去往地下室，她向下走去，下面也没人。晓鹏的坐标位置向远处快速移动起来，苏瑶一脚踹向墙壁，原来这里是条隐藏的隧道入口。

苏瑶沿着隧道向前追去！

隧道尽头是个大洞，里面阴暗潮湿，顶部有一圈探照灯照射着这个山洞。苏瑶从隧道出来，地面上有很多洒落的衣服、鞋子等，散发着霉臭的味道，有的地方还有小的臭水坑，地面四周还有很多条通向这里的隧道。再往前走，洞的正中间是一排升降器，升降器穿透顶部，能到达上一层的空间，顶部及四周的高处还有“滴答滴答”落下的水滴。

升降器中的一个舱正在缓缓升起，苏瑶跳跃起来后，像蝙蝠一样轻轻地扒在下面跟着上升！升降舱向上行进了大约几十秒钟，便停了下来，紧接着响起一阵脚步声。

几分钟后，升降器钢架结构的顶上，苏瑶爬着看向前方，她启动了机甲头盔的“视频记录”功能，多功能眼镜屏幕的左上角出现了“录像中……（Recording…）”的文字。只见前方是一个方形的台子，台子上放着很多玻璃缸，每个缸里面都躺着一个人，各种肤色、各种服饰、男女老少、高低胖瘦的都有。

他们的脑袋、脖子、肩膀、胳膊都被紧紧地卡住或者套牢，有的已经醒来正在用力挣扎，但是身体却无法动弹，有的张大嘴仿佛在喊救命，却几乎听不到声音。三面环绕方形台子的圆形观众看席上站满了人，他们肃穆、庄严，脸上没有任何表情，眼睛直直地看向前方，像是一尊尊雕塑。

苏瑶注意到前排位置上有四个姑娘，其中一个还有印象，苏瑶记起来那正是出现在街道边的女人，她的旁边站着一个清纯甚至略显稚嫩的女孩。观众席四周有一队队黑乎乎的、非常粗壮的人在巡逻，但是他们都没配备武器。

苏瑶多次尝试启动晓鹏的装甲设备，但是尝试了很多操作都不奏效。机甲设备的结构、原理、控制都是极其复杂的，一旦设定安装好后主要由主人的意识控制，会根据外部环境自动化运行。苏瑶记得晓鹏教过她如何使用“伙伴操控模式”，但是费了好大劲儿，才将“队友协同作战模式”启动起来，面对数百项操控功能和参数选项，苏瑶真是一头雾水！

只听到几声深沉的“嘟——嘟——”声响起，方形台子的上方出现了全息视频画面。一个底部长满了触手、顶部有两个长着眼睛的触角、像根大黑柱子有嘴巴的家伙开始讲话，视频画面底部有特殊符号的文字字幕同步滚动播放。不管是声音，还是文字，苏瑶都无法理解。下面的人都在聚精会神地听和看，忽然他们都举起了胳膊，两条胳膊和脑袋像是触电一样剧烈摇摆，脑袋似乎快要掉下来了。

苏瑶看得目瞪口呆，这些人的动作统一规范，整齐划一，气场强大，嘴里还都发出“噜——噜——”的声音。感觉整个世界都要震动起来，空气剧烈地摩擦。几分钟后，屏幕熄灭了，圆形站台上的人又恢复成了雕塑的模样。

苏瑶一边观察前方的阵势，一边查找“协同作战模式”中保护队友的功能设定。等苏瑶再看向前方的时候，发现圆形站台上的所有人摇身一变长出了很多触手，除了脑袋还是人的模样，身上大部分的肌肉都变成了章鱼触手的样子。紧接着每个“章鱼人”张开嘴向中间台子的方向喷射出一个个小肉团，肉团迅速分裂为很多只极小的“章鱼崽”，无数的“章鱼崽”互相扭打撕咬，有的干脆一口把对方吞进了肚子。这些“章鱼崽”一边互相厮杀，一边迅速爬向附近的玻璃缸，玻璃缸里面的“章鱼崽”们一边继续厮杀，一边拼命地爬向人的头部，从人的鼻孔、眼睛和嘴钻进人的脑袋。

这一切发生得如此迅速，苏瑶着急地拍打着自己的脑袋，正要冲过去的时候，她看到操作系统界面有一个“强制唤醒”功能——队友之间可以互相使用，为了防止队友无法及时响应团体的作战策略和整体部署，该功能可以向队友发射一股安全的强大电流。苏瑶猛地拍了

一下“强制唤醒”按钮，晓鹏瞬间被这股强大的电流击醒。晓鹏不知道发生了什么，但是瞬间他全身的机甲自动组装，一个极小的章鱼在钻入他鼻孔之前，被机甲拦截在了外面，弹射到了玻璃缸缸顶。

晓鹏一拳向上打去，只听得“咔嚓哗啦”几声，玻璃缸爆裂碎开，圆形站台上的“章鱼人”们惊叫连连，愣在了那里。刚才一些巡逻安保样的黑乎乎的“人”瞬间也变成了章鱼怪，“他们”的触手都是纯黑色的，上面长了无数个倒刺。晓鹏刚想站起来，几条黑色的触手像几条巨大的鞭子狠狠地抽了过来，晓鹏躲闪不及，被一条触手抓住举起来摔到了台子下面。

晓鹏控制机甲把两个胳膊变身为卡塔纳战刀，挥舞着狠狠地砍向触手，触手缩了回去。晓鹏挣扎着试图站起来，瞬间又有几条触手打了过来，触手的黑刺像无比锋利的尖刀，他被触手缠住后触手开始绞杀，尖刺几乎马上就要击穿机甲了。晓鹏和苏瑶同时收到了危险警报。

背部有“Z”形符号的苏瑶已经飞了过来，激光枪数枪打在了触角上，“滋滋”冒烟，但是效果并不明显。她赶紧启动了洛仑兹电磁炮，刚换完电磁炮，她就被一只弹跳起来的章鱼怪整个裹住也摔到了地上。苏瑶在黑暗中开了一炮，章鱼怪受伤严重，被炸得血肉乱飞，但是其他触手又紧紧裹住了苏瑶。苏瑶通过缝隙看到一堆章鱼怪正在向她扑过来，她迅速又开了几炮，然后机甲脚底位置的荷电粒子驱动器自动启动迅速升空而起。

与此同时，晓鹏也启动了萨雷克核弧爆，他腹部的微型核裂变反应堆自动引爆了。“轰”的一声，地动山摇，整个世界都晃动了几下，一半的方形台被炸烂坍塌，所有的玻璃缸支离破碎。刚才的圆形站席被炸出了一个巨大的缺口，站席上的人早就不知躲藏到哪儿去了，晓鹏四周的章鱼都被炸烂了。

这时，从地底、四周和无数个方向涌出来的黑色章鱼怪开始向这里爬，晓鹏和苏瑶启动了荷电粒子驱动器，两人升在半空继续与章鱼怪搏斗。无数条章鱼怪的尖刺触手，像是无数从各个方向投过来的标枪，空中到处都是挥舞着的黑色触手。苏瑶和晓鹏启动了机甲的“辅助躲避”功能，两个人一边躲闪，一边用枪或炮射击，有的触手被拦腰炸断，有的被射穿出现了大大小小的孔。

苏瑶早已探测过地形，顶部一百多米的高空有个巨大的涡轮装置，几个水平方向的管道改装的通风口是顶部出去的唯一通道。这幢建筑从整体上看像一栋高楼，但是更像一艘泊修或者损毁的巨型飞行器。这时，章鱼怪越来越多，很多已经爬到他们四周甚至上空。苏瑶示意向上逃跑，两个人一边闪躲、射杀，一边向上飞去。

飞到一多半距离时，苏瑶看到很多条触手向她和晓鹏再次扑打过来，苏瑶将晓鹏朝顶部用力拉送，本来飞在前面的苏瑶速度变慢了。瞬间，苏瑶被一条巨大的章鱼怪的触手抓住卷了起来，很快，又有一条触手扑过来将触手和苏瑶都卷了起来。两条触手同时用力，苏瑶听到了机甲正在被强大的力量压缩发出的“咯吱”变形的声音。

晓鹏扒住通风管道口，看着下面发生的一切，他将自己机甲的能量和动力转移给苏瑶，苏瑶集中全身的精神和意志，驱动机甲膨胀——膨胀——再膨胀，然后瞬间缩身，从触手的缝隙中弹射了出去，继续向顶部飞去。

下面有无数章鱼沿着四壁追了上来，有的巨大的触手差点再次抓住苏瑶，每次都被苏瑶灵巧地躲开。半空中章鱼怪的触手突然停止了挥舞，有的章鱼还主动下降退了回去，两人还没搞清楚到底是怎么回事儿，瞬间，下面无数的黑刺像是成千上万的标枪一样射向顶部。

苏瑶一跃钻进了通风管道中，无数根黑刺瞬间钉入顶部及周围，至少是超硬合金材质的金属壁扎满了黑刺，通风管的上壁也扎了一些。苏瑶倒吸了口凉气，好险呀，只要晚一步没准儿就会挂彩，苏瑶心里嘀咕着，拉着晓鹏向通风管出口跑去。

喷绘着“Z”形捉妖师标志的特种武装飞行器正绕着一栋极高的建筑盘旋飞行。两人从高建筑的水平方向飞了出来，飞行器的收纳舱门正好打开，两个人滚落进舱内，舱门迅速关闭。后面一条巨大的黑色触手用力弹射出来试图抓住飞行器，却差了一点点，飞行器继续盘旋了半圈，画了个弧线向高空极速驶去。从远处可以看到飞行器下面趴着一个漂亮的女人，她的衣服在风中呼呼发抖，衣服里面的四肢分明是章鱼触手状的！

在驾驶舱内，苏瑶向捉妖师竞技者联盟的交流群发送了刚才的视频和位置数据，很快，附近已经有两个捉妖师朝刚才极高的建筑赶来，还有十几个正在路上。苏瑶想起刚才章鱼怪的凶猛，忽然有点担心其他捉妖师，便把视频影像资料和位置信息也发给了元世界事务管理局的王建国局长和元世界安全防务局的巴顿将军。

璟谧湖湖边的建筑顶部敞开，飞行器缓缓降落在里面。苏瑶和晓鹏各自进入自己的安防检查通道，脱下了机甲装备例行检查，晓鹏发现自己的机甲散发着刺鼻的气味，而且机甲居然出现了一些小坑。晓鹏仔细观察，有些小圆点仿佛正在熔化，依稀可以看到冒起的青烟。晓鹏向苏瑶一说，苏瑶也发现了，苏瑶说刚才在飞行器上时就闻到有异味，苏瑶的机甲也有些小坑。晓鹏用钽铁合金的探针取了一小点滴在了小白鼠的身上，小白鼠瞬间成了空气，连灰烬都没剩下，探针过了一会儿也开始熔化！天啊，钽和盐酸、浓硝酸及“王水”不发生化学反应，钽在175℃的浓硫酸中一年，被腐蚀的厚度仅为0.0004毫米。

晓鹏大呼："太恐怖了！太恐怖了！刚才要是动作再慢点，滴在身上，估计咱俩都成废柴了。"苏瑶没有作声，只是让晓鹏尽快修复机甲。机甲是有自动快速修复功能的，按照常理，机甲被破坏后，具有记忆功能的机甲粒子会依据粒子间的作用力沿轨道模型生长自动修复，所有的异物都会被排挤出机甲。可是现在机甲不仅不会自动修复，还会被熔化扩散。晓鹏判断章鱼怪触手的黑刺可能含有一种相当厉害的化学物质，这种物质能把晓鹏一直以为宇宙第一的镆波拉超级金属刺穿并且熔化，真的好厉害！

晓鹏安装好钽铁合金清洁铲，操纵机械手把机甲熔化的部分采集下来，放在了钽铁罐里面，机械手具备自动学习功能，晓鹏带着做了两遍后机械手就开始自动清理熔化的小坑，其间清洁铲用坏了四个，收集起来的熔浆被晓鹏安放在一个磁场力造成的悬浮空间内，即便钽

铁罐被熔化，熔浆也会悬浮在空中不会再次破坏。

晓鹏准备将来继续研究这个厉害的熔浆，同时安排管家机器人胖呆呆把两个人的机甲进行了修补和维护。

苏瑶已经做了全面检测，确认自己没有受到伤害和入侵，然后进房间洗了个澡，又打扮了一番。晓鹏折腾了两三个小时，终于忙完了，进了房间。

晓鹏见了苏瑶，一愣，说："姐姐，你今天好奇怪啊！"

苏瑶看了看自己，问道："哪儿奇怪了？我就抹了点口红、涂了点指甲嘛！"

晓鹏："不是，我是说你奇美无比，怪可爱的。"

苏瑶："少贫嘴，网上的土味情话你听多了吧。刚才还吓得屁滚尿流，你现在是回光返照了吧？你说，要是那只黑章鱼把你吞了，拉出的屎里面能看到骨头吗？"

晓鹏张着嘴说不出话来。

苏瑶哈哈笑了，说："过来给我捏捏脚，继续商量工作上的事情。"

"我也累啊，回来后我又忙了两个小时！天啊，还有没有人权、有没有王法啊？"晓鹏哼哼唧唧嘟囔着。

晓鹏很不情愿地走到苏瑶面前，被苏瑶一把抱起来转了三圈，然后放回地面。晓鹏瞬间有点蒙，甚至有点怀疑，他看苏瑶满脸笑容，感觉幸福来得太突然了，他把嘴噘起来闭上眼睛慢慢向前，却被苏瑶一把推倒在地。

“记住，你永远是我弟弟！”苏瑶怒目圆瞪，很快却又露出甜蜜的笑容，她坐在地上，“有个好消息，你知道吗？咱们这次挣了七百多万个金币！！”

“真好，真是太好了！咱们总算有钱了！”晓鹏也很兴奋，一边鼓掌，一边摇头晃脑，“姐，你知道吗？那天我算了下，咱们最近半年光研制装备、升级武器就花了五千万了。”

晓鹏一边给苏瑶捏脚，一边看苏瑶拍摄的视频，然后分享了自己的一些看法。

晓鹏觉得这些章鱼人很可能是外星人，那幢大建筑内侧四周像是在把全世界的电子数据、资料和信息进行拷贝或存储，而那幢大建筑可能是艘太空飞船。

晓鹏惊叹于自己超强的推理能力，喜滋滋地问：“姐姐，你觉得我说的有道理吗？”

苏瑶没有反应，晓鹏又问了两次，苏瑶的呼噜声响起来了。晓鹏气得掐了苏瑶一下，苏瑶“嗖”地坐起来，说道：“我没睡，你说的有些道理！”

苏瑶说完，又躺在沙发上，很嫌弃地说道：“你——马上消失，别耽误我睡觉，啊——困死了。”

十几个小时候后，晓鹏实在饿得不行，从床上爬起来。他看到一个红色的报警灯在急促地闪烁，他突然想起在他睡觉期间报警灯一直在闪烁，只不过自己太累太困了，他醒了两次看到后故意忽略了，而且他想反正天塌下来有苏瑶顶着。晓鹏站在床边心想，嘿，没想到这大姐比他还懒啊！

晓鹏来到车库，走到隔离箱，看见里面躺着一条五颜六色的章鱼，但已经被喷射毒气杀死了。他愣住了："这是怎么回事？"然后他打开了监控视频，发现一个章鱼人随着飞行器降落到了车间，待四下无人后，章鱼人便开始活动，走到一个门口的时候正好被巡查安防机器人捉住关到了隔离箱内。这个章鱼人并非巨型黑色的战斗章鱼，所以并没有特别强大的杀伤力，但是他被锁在隔离箱后还是极力挣扎，触角变成了极其坚硬的金属，不断攻击隔离箱。随后，隔离箱启动了扫描程序，发现是生命体，便开始排放毒气。

苏瑶睡醒后，看到了捉妖师竞技者联盟交流群里面的信息，已经有近百个捉妖师赶到了章鱼人所在的巨型柱状建筑。这些捉妖师和章鱼怪展开了搏杀，杀得惊天动地，现场激烈异常。而且苏瑶看到群里发布了数十人遇难牺牲的噩耗，联盟内弥漫着悲痛的气氛，漫天飞舞着白色的樱花。联盟平台上四教礼堂内正在举行在线追悼会，堂内最高处燃着蓝色的灵火，火光冲天，福坛圣仕站在台上带领大家念悼词。很多捉妖师正在为刚刚在章鱼怪大战中丧生的兄弟们祈祷，大家肃穆站立成一个巨大的 Z 字形，苏瑶站到队尾。大家左手搭在右肩上，右胳膊自然下垂，然后点三下头。蓝色的灵火从众人头顶呼啸蔓延，众人仰头致敬，灵火熄灭后大家逐渐散去。

最新的动态是，元世界安全防务局、元世界警卫安全保护署共同组成的行动部队已经包围了那里，限时让里面的捉妖师撤出来。

晓鹏向苏瑶报告了美女章鱼跟踪到了这里的事情，苏瑶说应该没有什么大问题，因为这期间章鱼怪和捉妖师正打得不可开交。但是，两人想到黑色章鱼怪那几乎可以瞬间把所有生命化为灰烬的尖刺，而且并不确定世界上还有多少这样的章鱼怪，于是很快达成一致意见——马上搬离这个地方。

苏瑶根据地的核心主体是一艘小型太空飞船，所以说转移也相对简单。晓鹏未雨绸缪，半年前在隔湖的对面——几公里以外的一条隐蔽的峡谷中建了一些基础设施，把根据地的小型太空飞船开过去停在峡谷中，基本上和现在没什么两样，水、电、网络、逃生通道、密室、山中的武器库等应有尽有。

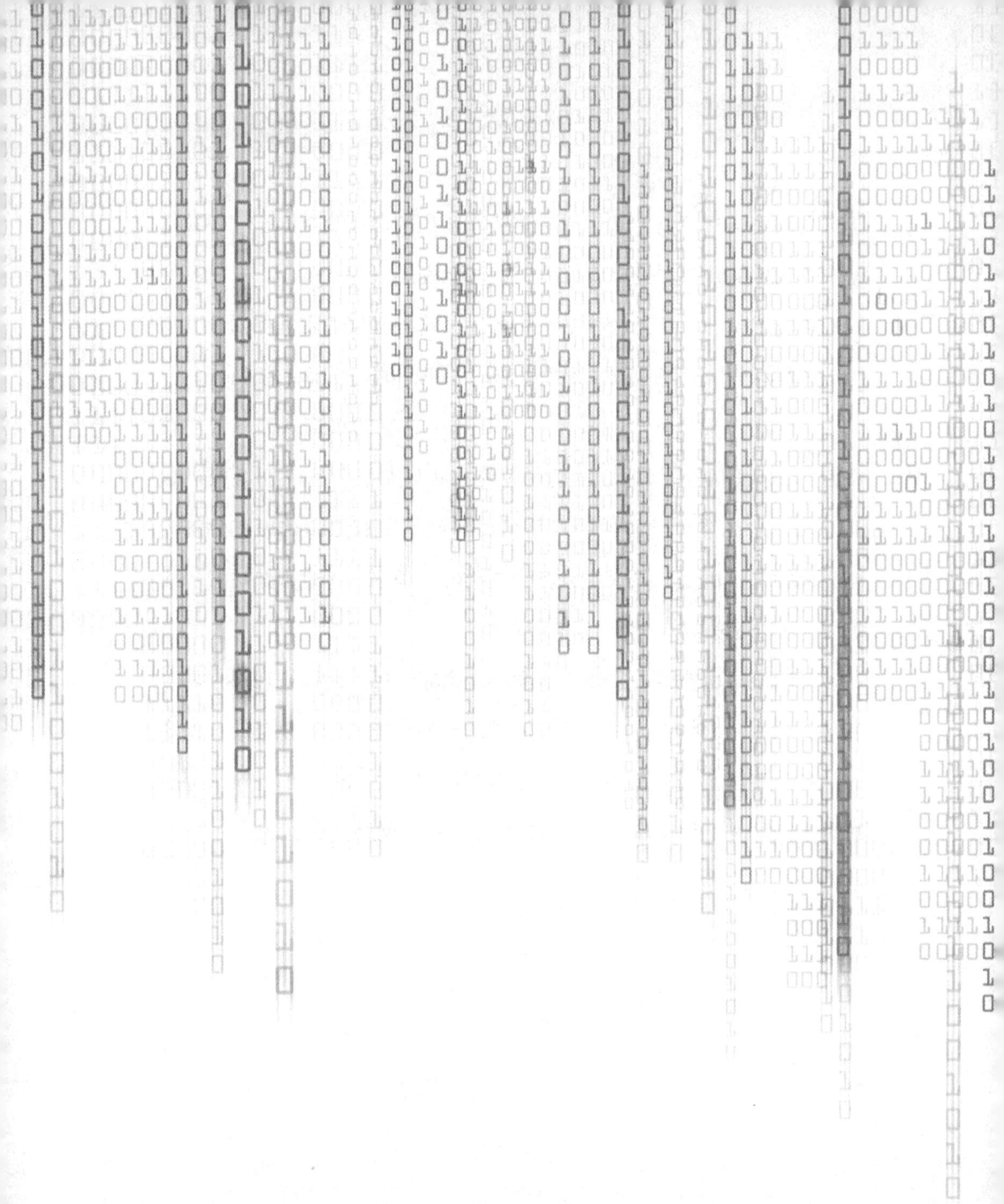

第四章　复仇

晓鹏和苏瑶之前在一些交通枢纽站像发传单一样发放“声感报警 KID”，听起来很高大上，其实就是一些冰箱贴、发卡、发圈、挂坠等小物件，唯一的功能就是听到“救命”“救我”等呼救声后会将录音数据和位置信息发送到晓鹏的 KID 终端接收器和警署报警处理中心。除了现场发放，晓鹏还写了些心灵鸡汤短文、安全防范常识与必须掌握的技能等，这些文章后面附带免费领取声感报警 KID 的二维码。

还好，晓鹏从义乌小商品市场定制的这批小物件总算没有砸在自己手里。小物件上的“声感报警 KID”听到的大部分呼救声，都是人们无聊逗小物件玩的，这些信息都被过滤掉了，并不会进行任何处理。

一天晚上，晓鹏又收到了一次“救命”危险预警：“救救我吧——老天爷啊！救我啊——”一个男人拼命地喊，但声音却并不大，充满了绝望、痛苦和悲伤。

晓鹏把声音给苏瑶转发了过去，说：“信号来源是个发圈，但是受害者的声音是个男声，这个预警不是第一次出现，但是现场并没有惨烈的打斗声。”

苏瑶也认真地听了好几遍。

VLAND的西部人烟稀少，是无人区、工业区、游牧区、军事区；VLAND的东部是大城区、经济区、娱乐区；VLAND的南部是高校区、生态区、居住区。苏瑶和晓鹏两人所在的位置是VLAND的西北部，靠近北部的边缘，苏瑶看了下这个报警信号的位置，发现还挺远，是在VLAND南部的高校区。苏瑶生怕错过了捉妖的机会，但是又没有听到特别剧烈的打斗声，于是决定作罢。可是这个声音每天晚上都会响起来，那是一种极度绝望、悲伤，令人心碎的声音。

两人想知道缘由，决定先派一些侦察苍蝇沿不同路线过去看看。侦察苍蝇以量取胜，从空气和光中获得动力，即便是发生意外损毁大部分，但只要有一只能抵达现场就能将视频图片和采集的数据传送回来，非常方便！

近百只侦察苍蝇最终顺利抵达了VLAND南部的高校区，朝着发出求救信号的地方行进，进入了一所综合大学校园内。这个大学面积非常大，还有一条河流穿过学校，河的一侧有教学楼、图书馆和各种建筑，河的另一侧是运动场、公园、草地，最远的地方是一片树林和几间林边的小屋。

侦察苍蝇精确锁定了运动场旁边一条路上一个正在匆匆行走的男青年，传出信号的发圈就在他身上，他穿着厚厚的衣服，浑身上下裹得严严实实的。他外套的帽子里面还扣着一个帽子，只露出了五官，戴了一副镶金边的眼镜，眼镜也是很小的那种，几乎刚遮住眼睛。他背着学校统一发的书包，上面有他的名字——帕奇。看到帕奇走过来，两边有人指指点点，不知道在说什么，有人冲他吹了个口哨，还有人把篮球冲他砸了过来，帕奇就当什么也没发生。

帕奇走路的速度非常快，眼睛看向前方，对两边和周围发生了什么似乎丝毫没有兴趣。他穿过运动场，是一座景观桥，很多情侣或闺蜜在桥上玩耍、聊天或拍照，桥下清澈的河水倒映着蓝天和白云。过了桥，他继续向前，来到一大片草地。这片大草地很少有人打理，已经有些荒芜，长满了野草野花，有高的、有矮的。

前面是一辆一人来高的、废弃的耕地车，突然四个男青年从车后走出来挡在了帕奇的面前，帕奇转身撒腿就跑，跑出一百米后被刚才那四个男青年从四面围住了。那四个男青年被称为“四大金刚”，而且是亲兄弟，其中的光头壮汉是老大，他气喘吁吁地冲着帕奇喊：“还敢跑，再跑打断你的腿！老三，过去把他绑上。”

老三是矮胖子，把帕奇推倒在地上，拿绳索绑住了帕奇的两条腿。

老大踢了帕奇的肚子一脚：“长本事了，还敢跑了！我让你跑！”

老二也跟着踢了一脚：“我让你跑，以后还敢不敢跑！”

老大喊三个兄弟：“先把他衣服扒了！”

帕奇一边哭泣，一边在地上滚动躲闪，但是时间不长两个帽子和两个头套就被扒了下来。帕奇没有头发，浅紫色的头皮上面居然长了几株韭菜一样的东西，其中一株因为叶子较多他用一个红色的发圈紧紧扎住了。

老二指着帕奇头上的绿草，说：“韭菜又长出来了，哈哈，又长出来了。”

其他人也在讨论：“这速度倒是挺快啊！”

“你们发现没，他这个是不定期生长，有时可能几个小时就长出来了，有时可能几个月都不长！”

“有意思，太神奇了！拍个视频发到网上！”

“快，快，不要拍咱们四个，不要声音，只拍这个怪物就行了。”

老四拿着摄像机，其他三个人冲上去开始撕扯帕奇的衣服。老大用膝盖压住帕奇，他的其他两个兄弟用锋利的小刀割开了衣服，帕奇强撑了几分钟，全身衣服已经被撕拽刀割成了碎布头，老三把帕奇的衣服用力扒了下来。

“快看啊，他的身体跟鱼一样，还有鳞片！”

帕奇刚被扒光衣服的时候，浑身金黄色，像极了一条金鱼。时间不长，帕奇的身体又变成了绿色，和周围草的颜色一样。穿着橘黄色裤子的老二把腿伸过去，靠近黄裤子的帕奇身体的部分瞬间变成了橘黄色。

“你们看啊，他的鱼鳞还会变颜色呢！”

老二用小刀拨弄着帕奇身上的鳞片，每动一下，帕奇就会抽搐一下。他还用小刀去割帕奇头上的小草，让帕奇痛不欲生。

老四说：“这样太过分了吧，这样不好！”

老大、老二和老三根本听不进去老四的劝说，老大用棍子指着帕奇，示意如果帕奇敢动就把帕奇的脑袋打裂。

帕奇的脑袋贴在地上，眼镜已经从鼻梁和耳朵上滑落，斜搭在嘴上。帕奇的眼泪像断了线的珍珠项链，一滴一滴地“吧嗒吧嗒”从鼻尖掉落在地上。

兄弟四人又说笑了很长时间。帕奇偶尔睁开眼睛，看到前方一只虫子在啃咬着一棵小草，小草的叶子已经被咬成了锯齿状，原本翠绿的草叶的边缘，已经变成了黄黑色。帕奇的视线逐渐变得模糊起来，已经听不到兄弟四人在说些什么，帕奇觉得自己正在逐渐丧失意识，他甚至感觉不到疼痛了。

四个人转身离开，几秒钟后，已经走出去几步的老四又走回来，把衣服给帕奇盖上，把喝剩下的多半瓶水放到帕奇面前。

苏瑶和晓鹏一直通过监控器看着侦察苍蝇拍摄下的这些画面，帕奇并不属于他们猎杀的“妖”的范围，而且两人达成了一致——就算帕奇可以换金币，他们也不会伤害帕奇。晓鹏义愤填膺，其间多次想让侦察苍蝇帮助帕奇，但被苏瑶制止了。晓鹏实在看不下去，转身离开了。其实，苏瑶也一直想帮助帕奇，可是她想知道事情的真相，她想看看帕奇到底是不是个“妖”，会不会变身把这四个人给吃掉。苏瑶一直看到四人离开，都没看到帕奇反抗。

这个人分明是个异类，至少是变异或者人造物，但是他为什么没有保护自己的武器或能力呢？难道他只会被人欺负吗？

苏瑶把晓鹏叫回来，两个人继续观察着。

四兄弟走后，帕奇昏迷了过去，他醒来后把水瓶里面的水一口气喝完，钻进了农用车下面。他用了很长时间才解开绑在腿上的绳索，看四下无人，一溜烟儿跑回了树林旁边的学校给自己的福利房。

帕奇回家后快速喝了很多水，然后吃了些东西，他把自己撑得直打嗝。然后，他钻进了一个小黑屋里，靠着墙坐在地上，对面两三米远的墙面上挂着相框，中间一张是一家三口的彩色照片，左右两张是父亲和母亲的黑白照片。屋内光线非常昏暗，地上摆满了酒瓶，有已经喝完的，有喝了一半的，有没开瓶的，他开始不停地喝酒。

一个小时后，屋内不断传出各种呼喊：

“爸爸妈妈，你们为什么这么早就离我而去？！我不知道这样的日子什么时候才是尽头。”

“你们在天有灵的话，就救救我吧！”

“救救我吧——老天爷啊，救救我吧——”

“爸爸妈妈，你们的世界是不是没有痛苦和烦恼？我真担心哪天撑不下去了，我就会去找你们了。”

“我不想死后被人发现我的尸体，不想死后还被人嘲笑，怎么样才能让我的尸体全部消失？我一定会想到办法的！”

过了一段时间，帕奇睡着了。

晓鹏和苏瑶商量了一会儿，估计这个青年小的时候成了孤儿，后来被生化实验室的坏蛋——也可能是外星人变成了这样。

晓鹏提出疑问：“可是，那为什么没有人来抓他，或者来杀死他呢？”

苏瑶：“有可能找不到了呗，或者改造他的人自己不一定还活着。”

晓鹏:“姐，我们帮他我们也赚不到金币啊，要不咱们和他谈谈条件？”

苏瑶:“谈什么条件啊！惩恶扬善是我们捉妖师应尽的义务！”

晓鹏:“嗯，我知道，其实我也是这么想的。他好可怜，我们得帮他啊。”

苏瑶:“我也在想怎么帮他。”

晓鹏:“这还不简单吗？我们过去把那四个人揍一顿，往死里打，一直打到他们怕为止。”

苏瑶:“可是，我觉得最重要的是让帕奇建立自信，或者治好他的病。”

晓鹏:“我也想过，可是没多大把握，可能需要半年、一年，也可能更长时间。这是一项复杂而且庞大的工程，可不是说句话那么简单，先要研究一下他的血液、细胞、DNA、基因。”

次日凌晨四五点的时候，几只侦察苍蝇从多个部位刺入帕奇身体，进行血液、头顶植物、鳞片、皮肤、大脑等取样，取样后的侦察苍蝇找到帕奇的传送台，输入了晓鹏的地址，瞬间传送了回来。这样晓鹏就有了帕奇的传送台的网络地址。

帕奇被“咬”醒后，又昏昏沉沉睡着了，七点钟起来后去吃早餐。他看到餐桌上有用番茄酱写的文字:“你的人生会从此改变！”帕奇以

为自己还没睡醒，揉了揉眼睛，确实是醒了，可是这是什么呢？他看了半天，又在屋子里面来来回回走了很多圈。

没什么异常啊，谁会跟我搞这种恶作剧呢？他看了看窗户和门都是紧锁的，不像有人进来过的样子。嗨，管他呢！改变，怎么改变呢？要是真的有老天爷，那为什么这么多年从来没显灵过呢？

帕奇穿好衣服，收拾好东西要出门，经过传送台的时候，突然听到“咄”的一声，一个银灰色金属东西出现在传送台上。帕奇拿起来

一看，是一个椭圆的金属环，圆环有五六厘米高，更像是从银铝管道锯下来的一小段。圆环的外侧，有雕刻的莲花图花纹，还有些拉丁文，非常圆润。

帕奇拿在手里研究端详着："这是什么呢？"

他看了看时间，必须马上出发，要不然就该迟到了。

他把圆环扔到书包里就去上学了。

他学习成绩很好，非常认真地上了一天课，已经忘了金属圆环的存在。下课后，他害怕“四大金刚”再来骚扰，犹豫了一会儿，他决定去公园那边看看能不能翻墙到树林，然后穿过树林回家。

帕奇在公园转了一会儿，找了个没人的地方爬上了公园的铁栅栏。他蹬着栅栏间装饰的花纹一点一点地下降，快到地面的时候，一脚踩空，摔倒在地上。帕奇站起来，见书包中的那个金属圆环滚了出来，他用手去捡，可就在他几乎要接触到金属环的瞬间，金属环居然穿过手指和手掌，戴在了他的手腕上。金属环在他的手腕上乱晃，他想把金属环摘下来，可是不管他怎么用力都摘不下来。他抡起胳膊狂甩，向后甩、向下甩、向外甩。

他铆足劲儿，挥舞着胳膊，却突然发现自己旁边有一棵碗口粗的树，眼看胳膊就要撞向大树了却来不及收回来。他心里说了句：“完了，弄不好得骨折了！”

他闭上眼睛，只听“咔嚓”一声，他以为自己骨折了，睁开眼睛却发现树被拦腰斩断了！

帕奇不敢相信这是真的，这怎么可能？自己力气并不大呀，要不然这么多年就不会被欺凌了，他看了看自己的胳膊竟然毫发无伤！刚才还很松的金属环自动收缩了，完全贴附着自己的胳膊，已经嵌入他的肉里了。

他看傻眼了，这些已经超出了他所能理解的范围。他闭上了眼睛，又用力挥着胳膊朝一棵树打去，他睁开眼只见树乱颤了一会儿，叶子纷纷坠落。这次虽然树没倒，叶子却掉了不少，他看了下自己的胳膊，竟然还像什么也没发生过一样！只是金属环已经完全进入了自己的肉中，透过表皮依稀还可以看到金属环上的莲花图案，他发现只要动胳膊上的肌肉，金属环便会跟着一起动。

“难道这就是传说中的法宝神器吗？我的命运真的要改变了吗？”

他又试了几下，右手腕把几棵树打得纷纷落叶，但是再没有出现过把树打断的情况。

有意思，他看了看刚才斩断的树木，看来这是真的！

“哈——哈——哈，苍天有眼！看来早晨餐桌上的那句话是真的，一定是有神仙在帮助我！”

他高兴地跳了几下，背起书包就跑，一边跑一边用胳膊捶打着经过时碰到的树木。

天上密集的云海逐渐散开，天地间黯淡的气氛很快蒸发得没了影踪，世界变得晴朗豁亮。天空一片湛蓝，高远洁净，万里晴空，片片白云轻轻地飘着，像大海里浮动的白帆，有的“白帆”被镀上了金色的边，轮廓散发出万丈光芒。地面上，现代化建筑对面，被河水隔开的草地和树林像是薄的和厚的巨大的绿色锦缎。安静的树林中一些鸟儿飞腾而起，锦缎被冲开了一条直线，摇摆的树木像冲锋艇推到一侧的水波，形成了一条轨迹。

帕奇从树林里钻出来，朝向自己的福利房走去，快走到家的时候，房前房后四个人影又闪了出来。帕奇一看又是“四大金刚”兄弟四人，扭头就向树林里跑，但没跑出几步，他突然停了下来转身又往回走，与正要去追他的四个人差点迎面撞上。

兄弟四人看他又走了回来，互相对望了一下，老大过来，一手掐住了帕奇的脖子，吼道：“你还敢回来？”

其他三个人站在旁边看热闹。帕奇呼吸逐渐急促起来，他想起刚才在树林里自己可以打倒一棵树，于是闭上眼睛，抡起胳膊朝老大的肋骨打去。帕奇没听到任何声响，等了两秒钟他睁开眼睛，老大正在恶狠狠地盯着他看，忽然哈哈笑了起来。

其他三兄弟跟着都笑了起来，其中一个喊道：“你们看这个怪物的胳膊还挺白的，又细又白。”

“哈哈！”几个人同时笑了起来。

帕奇又羞又臊，又怕又气，他朝着四兄弟中老大的肚子、肋骨又打了几下，但是就像是给人挠痒痒一样！

老二笑得直拍大腿，老三笑得蹲在了地上。

帕奇闭上眼睛，深深吸了一口气，憋住；又吸了一口气，聚精会神，气运丹田。帕奇握起拳头猛地用力向老大的肩膀打去，只听“咚”的一声，老大飞出去七八米远，胳膊几乎从身上掉下来，胸部的肌肉被撕开，血很快喷射了出来。

其他三兄弟愣住了。老二醒过神后举起铁棍子砸了过来，帕奇用右胳膊赶紧挡住，“铛”，金属撞击的声音，铁棍子居然弯了！

老三拿着把刀刺向帕奇，帕奇并没有躲闪，抡起右胳膊来打到老三的手臂上，“呼”的一声，老三转着圈儿飞出去几米远，摔倒在了地上。

老二和老四一起朝着帕奇扑了过去，几个人扭打在一起。几秒钟之后，兄弟四人全都倒在地上，鬼哭狼嚎、满地找牙！

晓鹏看到帕奇把四兄弟中的老大一拳给打飞了，大呼过瘾，又过了会儿，他突然有点担心，问苏瑶：“如果帕奇把四个人都杀了怎么办？”

苏瑶说：“如果他把四个人都杀了，我会过去把他也杀了，这说明帕奇本质上是只妖兽，内心是向恶的。如果他只是暴打一顿，进行报复，这倒是人之常情。我们再等等，先看看。”

四个人都被帕奇打倒在地上，有两个已经骨折，另外两个伤得也很重。帕奇向他们走去，四个人吓得在地上瑟瑟发抖，磕头求饶。帕奇想起这四个人曾经多次凌辱自己，过去的一幕幕场景历历在目，这四个挨千刀的、十恶不赦的人，他们居然肆意践踏别人的尊严，没有任何怜悯，完全丧失了人性！

帕奇举起拳头狠狠地打出，在马上就要打到老二的脸时他突然停了下来，拳头带着风，老二的头发被风掀了起来。老二吓得呆若木鸡，不知该作何反应，只要拳头打到他脸上，鼻子和眼睛肯定就不存在了，估计脑浆都会迸裂出来！

晓鹏鼓掌，苏瑶很欣慰，两个人商量着是不是要收回机甲手腕，苏瑶说：“再等等，过段时间再收回吧。”

晓鹏说：“真好，世界上少了一个被欺凌的人，多了一个自信、阳光的灵魂。”

苏瑶说：“是啊，帕奇是幸运的，正好被我们碰见了！可是世界上又有多少个我们看不到、碰不见、没发现的受害者啊！每天不知道有多少人在承受极度的痛苦啊！”

晓鹏说：“是啊，这个世界上为什么有那么多坏人呢？为什么他们会泯灭人性、做着禽兽不如的事情啊？”

两个人沉默了一会儿，晓鹏突然问：“大姐，咱们这次貌似没抓到妖兽啊！”

苏瑶点了点头，笑着说：“没关系，世界上没有妖兽更好！”

苏瑶有感而发，他将自己这次行动的心得和感受完整地记录了下来，在捉妖师竞技者联盟发表了一篇题为《反对欺凌，构建友好和谐社会》的倡议文章。没想到很多捉妖师纷纷为这篇文章点赞并且主动转发，跟帖量创造了前所未有的纪录，引起了不小的轰动。

第五章　游戏杀人事件

苏瑶问元世界警卫安全保护署的迈克尔探员:“章鱼怪那里的进展如何了?”

迈克尔叹了口气，说:“损失惨重啊！元世界警卫安全保护署、元世界安全防务局的官员和部队赶到后，安全防务局的领导提出炸毁那里，但是警署领导要求进入内部搜集更多证据和资料。结果数十名队员进去后就再也没出来，损失惨重。最终还是使用引力波武器将那幢建筑和建筑里的东西彻底毁灭了。”

苏瑶分享位置信息后，大批捉妖师和章鱼怪展开了激烈的战斗，双方死伤惨重。捉妖师竞技者联盟社群举行了在线追悼会后，苏瑶看到又有一些新的讣告通知，她低下了头，将左手搭在右肩上，右胳膊自然下垂，然后点三下头。行丧礼后，苏瑶继续看联盟平台上的信息，她看到自己在捉妖榜中的排名一直在往后跌，已经跌出了前五名。

迈克尔又发来了消息，对苏瑶表示非常感谢，苏瑶因为自己后来都没有回去帮忙，有些内疚和不好意思，就换了个话题，问："对了，最近有没有其他的案件？"

迈克尔："都是一些鸡鸣狗盗的小案子——黑客、纠纷、诈骗。对了，有一桩命案有点儿奇怪，我知道你主要关注大案和命案。这个命案已经结案了，所以说大部分资料都公开了，我可以传给你看一下。这个罪犯外号叫铁牛，他用枪残忍地杀死了ZODI房地产公司的老板诺丁汉，铁牛对杀死诺丁汉的事实供认不讳。至于杀人的理由嘛，也很简单，就是看诺丁汉该死，看他那样子就想杀他。"

苏瑶："咦，那确实挺奇怪的，世界上这样的事情还真不多。"

迈克尔："对啊，我们也很奇怪，可所有的证据很清晰，事实也很清楚，而且铁牛独自居住，没有任何亲人。我们问了一些铁牛的朋友，都说铁牛这个人天生高大威猛比较暴躁，就喜欢打架，以前也曾看某人不顺眼就想去杀了他。这些人还说铁牛对朋友倒是很温和，从来没有红过脸，而且喜欢请大家喝酒、聊天、钓鱼、打球。"

苏瑶："你传些这起案件的档案资料过来吧，等有空了我研究一下。"

晓鹏："姐姐，你怎么又开始不务正业了！"

苏瑶："嘿，我不是跟你说了吗？没妖打的时候咱们也别闲着！除暴安良，匡扶正义，是咱们捉妖师基本的责任和义务！"

苏瑶拿到了资料，和晓鹏一起翻看起来，案件确实很简单，VLAND 天眼安防系统都全程记录下了。铁牛驾驶着一辆老式皮卡，风驰电掣般地开到诺丁汉的府邸，冲破大门，停在院子里。铁牛从皮卡车下来，很快两条机器狗便冲了过来，铁牛一枪一个，两条狗应声倒地，马上蹬蹬腿儿不动了。铁牛并没有理会这些，快速向前跑了几步，然后向左开枪打死一名冲过来的警卫。可能是听到了声响，铁牛向右又开了一枪，但是右边没有人，不过很快警卫从右侧的保卫间冲了出来，铁牛连开了两三枪将右侧警卫也打死了。

这期间，三层楼主楼顶上的防卫射击器向铁牛射出了密集的子弹。虽然铁牛戴着防护头盔、穿着防弹衣，但脚却被射中了，摔倒在地上，铁牛很快站起来迎着枪林弹雨继续前进，像什么也没发生过一样。诺丁汉听到外面的枪声，从床上爬起来，把手掌按到墙上，墙自动变成了一扇门，诺丁汉用虹膜和密码打开锁，推开门爬了进去。诺丁汉府邸的多个监控设备记录下了上面这些画面，诺丁汉钻进门后的视频就拍摄不到了。

晓鹏说：“这应该是个避难室。”

两人继续观察案件记录。铁牛进主楼后搭乘电梯来到三层，走到诺丁汉的床前，看到了床头紧闭的避难室的门。铁牛跳到诺丁汉的床上，掏出两把激光枪，对准一个点同时射击。激光枪像是画笔一样，门锁部位的轮廓很快被勾勒出来，大门被烧熔的一个长方形小块“啪嗒”一声掉落在避难室内。铁牛一脚把门踹开，然后弯腰钻了进去。

几十秒后，铁牛拎着诺丁汉的尸体走了出来，快走几步，拉开窗帘，来到露台上。

铁牛把尸体扔到地上，两条胳膊举得高高的，然后上身不住地摇摆着，放声哈哈大笑。

晓鹏快要看不下去了，心想这个人怎么这么变态，苏瑶却让晓鹏看完，晓鹏强忍着恶心继续看。监控画面后面的内容就是警察赶到，警用飞行器向铁牛开了很多枪，穿甲麻醉弹很快就起了作用，铁牛摔倒在露台上。

晓鹏说："这个人一看就是个杀人魔，真是丧心病狂！"

苏瑶点点头，补充说："而且完全不怕死！"

两人又看了些其他档案，铁牛在三楼行凶的时候，又有一个人骑着摩托车冲进大院，十几秒钟后一架破旧的飞行器也降落在了大院的空地上。这时正好警察赶到，骑摩托车的人被逮捕，破旧的飞行器瞬间消失了。

被抓的这个骑摩托车的人外号叫法克，法克和铁牛一个德行，法克叫嚣着要杀死诺丁汉，还嫌铁牛先于自己杀死了诺丁汉，用全世界最恶毒的言辞和脏话将铁牛及铁牛祖宗十八代骂了个遍。

晓鹏:“有意思，看来诺丁汉的仇家不少啊！这两个人来势汹汹，看来都想弄死这个诺丁汉！”

晓鹏搜集了一些关于诺丁汉的资料，苏瑶看完后满脸疑惑，说:“诺丁汉这个人也没干什么缺德的事情啊，合法经商，还一直热衷于公益，为人谦和。他的房地产企业在行业内排名只能算中等，但是口碑挺不错的，并不像有很多仇家的样子。奇怪！”

晓鹏:“现在变态狂确实挺多的，这也没办法！你知道每年 VLAND 自杀的有多少人吗？”

苏瑶:“几百人？”

晓鹏:“错，一千一百人，基本上每五千个人里面就有一两个自杀的！自杀的最多理由是无聊或者早日轮回，你说在今天这么发达的城市，谁能想象得到有这么多人如此愚昧和无知。很多人自杀前要先杀几个人才觉得过瘾，觉得这辈子赚了。”

苏瑶吃惊地点了点头。

可苏瑶还是觉得这起案件非常蹊跷，为什么杀人狂喜欢来这里呢？而且几乎都是在同一个时间。苏瑶要了一些以前的数据，发现前两天也有持枪人来过这里，不过很快被制服了，却没有报案。

“会不会有其他发现呢？”苏瑶和晓鹏两个人继续查阅资料，想看看有没有更多翔实的资料。他们发现诺丁汉最近在媒体上曝光率很高，因为诺丁汉在竞标一片核心地块——已经被事务管理局规划为高档住宅区的一片土地。

诺丁汉的竞标方案虽然不是出价最高的，但却是最接地气、最公益、最理想化的，所以各个媒体争相报道。他提出将这个地方开发为“慈善家的净土乐园”，按照公益捐款所占财富的比例对慈善家进行排名，只有前五百名才有资格在这里买房子，诺丁汉还提出了一系列配套的措施和方案。

因为这个极具争议、非常不商业的罕见方案，诺丁汉一下子出名了，但同时也招来很多猜忌和非议。很多人认为这纯粹是炒作，也有人指出 ZODI 房地产公司实力有限、资金紧张，即便能中标开发这片区域也像是小马拉大车，风险很大。但是诺丁汉意志坚定，一意孤行，他认为成功是完全可以预期的，而且他相信自己的判断。

苏瑶认为，有可能是因为诺丁汉出了名，正好又有人心理变态想杀人，而且专门找有名的人刺杀，因为这样更有成就感。之前名人、明星被刺杀，有些罪犯的杀人动机就是这样。晓鹏对这个推断也表示认可。

晓鹏还看了最新的报道，法克的律师要求释放法克，苏瑶判断法克很有可能被无罪释放，毕竟预谋杀人没有成功，就算法克承认想杀死诺丁汉被判刑，刑期也未必很长。

晓鹏:“其实我们光在这里讨论也没有什么意义，听说铁牛过几天就要被处死了，我们是否去见一面呢？”

苏瑶：“好的，也可以。我们先去监狱找铁牛，顺便去审问法克，然后去走访一下铁牛和法克的家人和朋友，最后去事故现场看一下。具体的行程让迈克尔探员安排吧。”

苏瑶和晓鹏驾驶一架喷有Z形符号的特种武装飞行器驶向VLAND东部大城区方向，两边的高楼大厦逐渐多起来，两个人有一种乡下人进城的感觉。飞行器降落在重犯审讯与收押中心。

迈克尔探员已经提前到达，正在降落场等待。在迈克尔的陪同下，苏瑶和晓鹏来到了警署案件证据及物资管理库，大家仔细核验了铁牛和法克使用的枪械和装备，乌兹冲锋枪UZI9mm、XU44防弹半软体套装、B9激光枪、822便携式手榴弹等都是一些市场上容易买到的武器，并没有发现什么重要线索。随后，三人来到监狱审讯铁牛。铁牛虎背熊腰、身材魁梧，身高两米多，体重三百多斤，晓鹏心想：“铁牛一个人都快赶上我三个了。”铁牛目中无人，态度蛮横，对苏瑶和晓鹏问的几个问题一个都不回答，还朝审讯台隔离罪犯的玻璃上吐了口痰。一个警员上前训斥竟被铁牛用肘部击倒在地，其余警员赶紧拉响了警报，随后铁牛被赶到的其他警员制服并且带走了，审讯也随即终止了。

苏瑶：“看来这小子确实是一个愣头青啊，神志清醒，就是愣、就是狠！你说这种人被指使杀人的概率应该不大吧？”

迈克尔答道：“不大！”

苏瑶三人又去审问还在关押的蓄意杀人的法克，法克个子不高，说话声音不大，全身上下都带着阴森黑暗的气息，他面带笑意，回答得非常干脆直接。

“为什么？我愿意！”

“我看到他就想杀死他，我想杀他需要理由吗？”

对法克的审讯也没什么结果。晓鹏奇怪现在杀人都不需要理由了吗？以前至少能扒一扒父母的境况，最起码有个故事，现在怎么都这么随意了！

三人又看了些证物和现场的物资，苏瑶看到被激光枪割下来的避难室合金门的锁，说：“居然正好是沿着锁具的轮廓切割的，看来是专家啊！”

迈克尔：“对，这个铁牛平时就是个军事、安防爱好者。”

苏瑶和晓鹏离开了监狱，随后来到了铁牛家的门口。门上已经贴上了封条，而且有多个警务机器人从各个角度监视，有一名警员在门口守卫。苏瑶亮出了迈克尔给他们办理的临时许可证后便进入了房间。

铁牛家位于郊区一个破旧小镇的一栋老楼里面，晓鹏发现铁牛家的房间和陈列都很旧，并没有什么机器人、现代家电、家庭监控装置等，只是些厨具、衣柜、桌椅等家庭基本用品。有很多瓶未开封的酒，房间一角喝完的酒瓶子堆积如山，很多方便食品随处摆放着。有一台破电视机，电视机旁边的墙上还贴着一张诺丁汉被媒体采访时拍摄的照片。另外，还有一间面积较大的屋子，这个屋子分成了游戏区域和一张大床。游戏区域像是个专门的游戏集装箱，里面贴满了一个叫作《头牌猎人》的游戏的各款海报，从最初的 beta 版[①]，到 1.0 至 8.0 的都有，游戏的安装光盘、视频、素材集锦、书籍等都摆在壁架上，还摆放着几个游戏大赛的获奖证书和奖杯。游戏集装箱顶部垂下来的各种数据线和管道，连接着一套游戏体感服装和 MR 专用头盔，地面是带多向滚轴的运动毯，四周摆放着 U88 手榴弹、B9 激光枪、H&K MP15 冲锋枪、奥地利格洛克 27 型手枪等一些专用游戏装备。游戏区域还到处摆放着方便食品和各种酒，桌子上放着超大烟灰缸，被烟头塞得满满的。

晓鹏心想：“这家伙的枪法估计都是玩游戏时练的，看来铁牛是个游戏大师啊，至少是发烧友级别的！”晓鹏觉得自己虽然也迷恋游戏，可和人家比起来，充其量就是个游戏爱好者而已。

这间大屋子除了游戏屋，剩下的就是一张大床。晓鹏拿了两张《头牌猎人》的游戏安装盘，对苏瑶说：“这个游戏没什么知名度，而且看封面就知道是那种很土的游戏。”晓鹏说完，把安装光盘塞进了自己的兜里。

① 测试版。

苏瑶进屋后也看到了这些，然后她看到床下有个虚掩的暗门，打开暗门发现里面是空的，能看出这个地方已经被多次检查过了。

从铁牛家出来，他们踏上飞行器，去法克家。晓鹏去敲门，刚说要找法克，就被一个气呼呼的胖女人一顿臭骂："你们这帮狐朋狗友，每天就知道玩玩玩，都去死了得了，老婆孩子都不管。"再去敲门，没人理会。苏瑶看了看周围还有警用机器人在监视这一带，对晓鹏说："警员应该来这里查过多次了，我们撤吧！"

晓鹏："那咱们还去别的地方查看吗？"

苏瑶："都去转转，既然我们来了就必须转完！"

晓鹏感慨 VLAND 东部大城区居然有这么破落的地方，苏瑶说大城区主要是指九平方公里的中心城区，刚才这些地方都只是郊县。他们朝郊外开去，远处的中心城区就像高楼大厦的森林一般，有人或无人驾驶的飞行汽车、飞行器穿梭着，车水马龙，好不热闹。各类建筑的轮廓在阳光的照射下散发着柔和的金色光芒，暗的一面可以看到有大型的广告在幕墙上播放着，也有全息立体投影的绚丽视频在楼宇间轮番演绎着。远处的巨型建筑插入云端后变得时隐时现，有巨大的瀑布和空中森林矗立在远方，这真是一个梦幻般的世界，所有这一切都是科技的产物，都由程序创造和控制。

两人降落在城区一侧的诺丁汉府邸的草坪上，驻守府邸的警员已经提前收到了探员迈克尔发给他们的协助调查指令。苏瑶看到两条机器犬还躺在地上，过去看了一下，两条机器犬都正好被打中了耳朵部位，正好是机器犬最薄弱的部位。两名被杀的警卫早已被抬走了，晓鹏用随身携带的电脑设备打开了案件资料库，他们都是脖子部位被射击致死，而脖子部位正好是防弹衣和防弹帽衔接处，是保护最薄弱的位置。

晓鹏偷笑着问了一句："这枪法比你的怎么样？"

苏瑶说："分情况，我状态好的时候比这个好，正常情况下不相上下。"

随后他们二人在府邸到处巡查，并没有什么新的发现，警探们的勘察已经非常全面和细致了。

回家后，晓鹏安装了游戏，他穿戴好游戏装备后进入了游戏。相比元世界主流的游戏，这个游戏的制作水准并不算精良，但《头牌猎人》朴实无华，极其逼真，沉浸感非常强。大部分主流游戏都是酷炫、华丽的风格，就像好莱坞大片，使用了大量特效，有帅男靓女和很强的故事性，还有业界顶尖的包装、制作、发行。而这款游戏就像让人着迷的老片子，荧幕开启，就仿佛看到了另一个真实存在的世界。

晓鹏摘下头盔，两眼无神，精神恍惚，坐在那里一言不发。过了一会儿，他开始挠头，自言自语道："我是谁？"

“我是何小鹏啊！”

“我现在在元世界。”

“对，在元世界。”

“元世界——就是虚拟的网络空间。”

“晓鹏是我的身份，我是晓鹏。”

“可是我刚才玩游戏的时候，我是谁呢？”

“我是何小鹏，还是晓鹏？”

“游戏里的那个人呢？”

晓鹏感觉自己处于完全懵圈的状态，大脑变得僵化而涣散，反应速度变得很慢。

“这是怎么回事儿？这种情况从来没发生过啊！”

“我怎么感觉这款游戏完全占据了我呢？”晓鹏不停地嘀咕着。

晓鹏又戴上了头盔。“他”已经被完全震撼了，这款游戏里面的建筑、环境，以及出现的所有生活用品，哪怕是极小的细节，都完美精准地呈现了元世界中的现实，这相当厉害。

“有意思，好玩！太好玩了！”晓鹏连连发出感慨。

游戏能做出这种感觉，简直绝了，身临其境，呼之欲出，宛然如生，玩这个游戏的时候你仿佛在另一个世界获得了重生。玩其他游戏，你可以飞起来，可以刀枪不入，就像在一部影视作品里面，你可以一分钟完成上天入地，几秒钟从一个城市到另外一个城市。而玩《头牌猎人》，所有的游戏设定和现实设定是一样的，你要吃一顿饭就必须一口一口地吃；现实中你走一步，那么在游戏中你就走一步。游戏里面开车，路途都和现实一样，如果你时速六十公里，路程是二百四十公里，那么就需要四个小时，你是不能快进或者快退的。

《头牌猎人》还拥有很多近乎变态的地方，比如说每天的天气——甚至每时每刻的天气都不一样。晓鹏也是重度游戏迷，他知道其他游戏为了突出更加吸引人的、有意思的情节，游戏开发者一般不会将宝贵的精力用在这种费力不讨好的鸡毛蒜皮的事情上。但是这款游戏却恰恰相反，并不追求情节或者节奏，情节推进的快慢完全取决于玩家。

这款游戏的记分系统非常完善，游戏中几乎角色的所有动作都会被量化计算，比如走路都会赚积分，而走路在其他游戏中都是无效动作。因为用户能不断收到各种反馈和激励，所以他们在里面都很卖命。

周末两天，除了吃饭、上厕所和短时间的休息，何小鹏都在玩这款游戏。《头牌猎人》游戏中，“他”置身于阿米德无人区的璟谧湖湖畔，一幢大型建筑的屋顶敞开，一架破旧的飞行器缓缓地降落进去。“他”从飞行器上下来，站到了起落台上。“他”看到一段台阶，沿着台阶向上走去，大型建筑的屋顶敞开，强烈的阳光照在他的身上，“他”有种被暴晒的感觉。“他”记得海滩上有舒适的躺椅和太阳伞，便向海滩的方向走去……

“苏瑶，你有没有睡死过？”

苏若瑶这两天一直在画画，刚进入游戏，就被问了这么一句，愣了一下，问：“什么睡死？”

“就是睡过去，感觉自己可能醒不过来了，睡得太沉了！”

“好像也有过，如果还没醒，那就继续睡呗。”

“苏瑶，咱们是在哪儿啊？”

“元宇宙啊！你傻啦？”

“你是谁啊？”

“我是苏瑶啊。有病吧？懒得理你！”

“我知道，是这样的，我们在元宇宙中会不会忘了自己是谁呢？比如你忘了自己是苏若瑶了。”

“会啊。如果情节特别紧张、刺激，比如我打怪的时候就忘了，顾不上那么多了。”

苏瑶回来后，继续大量地看案件资料，她已经开始约诺丁汉的家人、生意伙伴和公司同事了。苏瑶发现晓鹏自从开始玩《头牌猎人》这款游戏，就有点不务正业了，每天都把大量时间花在玩游戏上面，换作以前苏瑶会把晓鹏拎起来暴打一顿，但是现在没什么事干，她也就懒得发飙了。

晓鹏看到游戏里面偶尔会出现一两个叫“终极挑战”的神秘任务专区，是至少达到105级的高手才能进入的，晓鹏一心想成为那样的高手。总共108级，晓鹏已经打到75级了，晓鹏暗暗较劲，一定要尽快打到105级。几个小时后，晓鹏终于杀死了一个赏金猎物——代号为Q的大毒枭。晓鹏欣喜若狂，冲上前去把Q用两个胳膊举起来，大量的金豆“哗哗”地从四周跳起来，所有参与任务的玩家角色都“齐刷刷”地顶礼膜拜地看向这里……

苏瑶看到晓鹏做那个动作，心里一惊，急忙把晓鹏叫醒。晓鹏非常不服气，大发雷霆。这是苏瑶第一次看到晓鹏这么凶，就跟疯狗一样。晓鹏从游戏中退出来几个小时后，机器人管家胖呆呆在晓鹏喝的水中加入了一种放松神经的药物，很快晓鹏恢复了平静。苏瑶让晓鹏看刚才她拍摄下来的画面——晓鹏双手举起、仰着头、浑身乱颤的视频，晓鹏几乎不敢相信这就是他自己。晓鹏分明记得，在这款游戏中，目标（一般是人或者怪物）被杀死后，猎人会把目标猎物举过头顶，这样获胜的猎人就能获得大量的金豆，而且这时猎人会浑身乱颤，这套标准动作已经成为《头牌猎人》游戏里面的惯例。

晓鹏和苏瑶想起了铁牛杀死诺丁汉后，当时也做了这种动作，难道诺丁汉的凶杀案和这个游戏有什么关系吗？晓鹏隐隐约约也觉察到其中必有蹊跷，苏瑶觉得应该把这个发现告诉警署的探员迈克尔，因为这件事情至关重要。晓鹏决定再次进入游戏，冲刺等级并且进入“终极挑战”的神秘任务专区，一探究竟。两人商量好后便开始分头行动。

苏瑶向迈克尔讲完情况后，迈克尔直呼不可能，说他们已经注意到了这款游戏，这是一款警卫安全保护署的半开放游戏，是在虚拟现实中提升单兵作战能力的模拟训练。警署的东西都是严格控制的，而且面向社会公民阶段性开放也是元世界事务管理局批准的，不管是安全性、合法性都毋庸置疑。苏瑶一时无话可说，她把晓鹏玩游戏时的一些视频发给了迈克尔，并且嘱咐迈克尔务必认真对待，迈克尔一再强调不管是安全防务局还是事务管理局，都是无权调查警署系统的，但是他答应会好好研究苏瑶发送的资料。

几天后，晓鹏在游戏中打到了 105 级，申请进入终极挑战区。晓鹏被要求提供室内环境、家庭成员的照片和视频，这对拥有三个博士学位的晓鹏当然不在话下，晓鹏运用技术欺骗手段，提供了虚假的信息，顺利进入了终极挑战区。晓鹏欣喜若狂，高兴得跳了三四十分钟，只要完成了“终极任务”，便可以成为至高无上的“超级猎杀者”。

凌晨四点左右，苏瑶收到急促的警报提示，管家机器人胖呆呆报告说：“瑶主，希望我没打扰到您休息，我知道——”

苏瑶在床上躺着，没有睁眼，喊道：“说重点！”

胖呆呆说："我发现小主最近甲状腺激素异常、中枢神经系统紊乱，因此我总是偷偷在他喝的水中加一些放松神经的药物——"

苏瑶："这个我知道，然后呢，你要是说不出重点，小心我把你砸个稀巴烂！"

胖呆呆说："刚才小主全副武装，现在正在朝飞行器方向走去。"

苏瑶"嗖"地跳了起来，机甲自动穿戴整齐，她一边快速走着，一边冲胖呆呆抛出了个飞吻，说："胖呆呆，你真是个有前途的机器人。”

苏瑶进入“联机模式”，选择“晓鹏”，猛点了几下“强制唤醒”的按钮，晓鹏的身体瞬间被一股强大的电流穿过，晓鹏踉跄了两下摔倒在地上。苏瑶正好冲过来，狠狠地朝晓鹏脑袋就是一拳，晓鹏的头盔把地面砸出了一个大坑。

苏瑶冲上去想看看晓鹏怎么样了，没想到晓鹏像一根木头一样突然弹起来，晓鹏用尽全力一拳打中了苏瑶的胸部，苏瑶飞出去几米远后砸穿了山墙嵌入石头里面无法动弹，晓鹏连开几枪，打在苏瑶的机甲上。苏瑶背部的“荷电粒子驱动器”启动了，飞过来一拳又将晓鹏打倒在地，然后破口骂道:“翅膀硬了，敢跟我动手了啊！看我怎么收拾你！”

同时，一通雨点般的拳头打在晓鹏脑袋上，两人的机甲材料完全相同，晓鹏脑袋被震得“嗡嗡”作响，疼得“嗷嗷”乱叫，苏瑶的拳头也打疼了，停了下来。

鼻青脸肿的晓鹏清醒了过来，抱着头趴在地上连连求饶，苏瑶让晓鹏坐起来，晓鹏讲述了刚才发生的事情。原来，“终极挑战区”里有和 VLAND 大陆环境完全一样的场景，也有阿米德无人区，也有璟谧湖，大到 VLAND 功能区、U28 工业区、街道、建筑，小到每个人、每棵树、每种交通工具，甚至每套餐具都是真实存在和对应的。任务模拟阶段，所有出现的文字、标识、人脸都被打上了马赛克，目标人物姓名是保密的，游戏情节和内容会不断丰富。目标人物可能出现在家里、公司、路上、咖啡厅，目标人物的行程每天凌晨三点都会提前公布出来。任务模拟阶段主要用来熟悉地形，模拟刺杀训练，某一天的凌晨三点会突然宣布进入任务执行阶段，目标人物姓名、现在所在地址、当日的行程等都会公布，原来马赛克遮挡的部分可以清晰看到。

苏瑶听得目瞪口呆，赶紧问："那目标人物是谁？"

晓鹏愣了一下，想了几秒钟说："财政部大臣赛基，他现在正在RICARD公寓看世界杯足球赛。"

苏瑶说："我联系警署探员迈克尔，你收拾下东西，我们马上出发。"

苏瑶联系了几次迈克尔都是无人接听，苏瑶和晓鹏两人全副武装，刚登上飞行器，晓鹏就收到了一条凶杀资讯："财政部大臣赛基在RICARD公寓被人杀死，一同被杀死的还有一名少女，少女的身份正在核实。令人震惊的是行凶者竟然是VLAND警卫安全保护署的迈克尔探员，迈克尔在逃回家中的路上被缉拿归案。"

苏瑶和晓鹏面面相觑，晓鹏庆幸自己被苏瑶拦住了，苏瑶非常痛心失去了一个肝胆相照的好友。晓鹏说："我回去马上把游戏删了，我发誓以后再也不玩这款游戏了。"

苏瑶想了想说:“先别删!你应该好好想想，我们怎么才能找到这款游戏背后的公司!”

晓鹏:“噢，好的，找到了我们去把它给炸烂!”

晓鹏设定好游戏装备“每五分钟自动掉线”后，再次进入游戏，到处转转。他朝向空中连续挥手拍打了两下，半空凭空出现了复杂的游戏界面，他不断点击各种按钮，却没发现任何关于开发或运营公司的线索。他点击按钮，进入“游戏道具”，看到各种枪支弹药、军警装备，他注意到有一个选项是“购买实物”，晓鹏买了 MKI3 信号弹，输入地址，付款。晓鹏退出游戏后发现，传送接收器已经收到了实物的 MKI3 信号弹。

晓鹏灵机一动，又进入游戏。道具中最大的是一架 UH—60 黑鹰直升机，价格是一百万元或者五百万金豆，晓鹏用自己这段时间玩游戏赚的所有金豆，又充了一些金币凑够钱后付了款。很快游戏内弹出一个界面，是一名工作人员:“您好，尊敬的用户，因为这架中型直升机体积过于庞大，无法通过传送台传送，建议您取消订单，我们将作退款处理。”

晓鹏:“那这种直升机你们到底是有还是没有啊?”

工作人员:“您好，我查了下，这架直升机是有货的，主要是运输不方便。”

晓鹏:“没关系，这样，我确实需要这台直升机，要是方便的话，辛苦你利用下班时间给我开到一个地方，我去把它开回来，我愿意支付您十万金币补偿您损失的时间。只要您能保证直升机可以正常使用就行。”

几秒后，晓鹏收到了工作人员发的一个位置坐标信息，时间是第二天晚上八点。

次日傍晚，喷绘着“Z”形捉妖师标志的特种武装飞行器降落在富岗山脚下，坐标位置在富岗山顶，晓鹏和苏瑶提前在山顶等着。八点的时候，一架黑鹰直升机果然出现在天空，盘旋了几圈后降落了。

从直升机上走下来一个满脸胡子的眼镜男，晓鹏和眼镜男互相确认了身份，晓鹏一抬胳膊，枪发抓捕网已经射出将眼镜男牢牢捆住了，眼镜男踉跄着摔倒在地上，挣扎了几下，大声喊：“你们是谁，你们想怎么样？”

晓鹏走上去狠狠地踢了他一脚，问道：“你们这款游戏是不是用来杀人的？”

眼镜男：“杀人，杀什么人？”

苏瑶走过去，拔出枪来，问：“《头牌猎人》游戏背后的主谋在哪里？”

眼镜男还想继续装糊涂，苏瑶冲着他的腿开了一枪，疼得眼镜男哭爹喊娘，可还是不肯说。苏瑶用枪口对准了他的脑袋，喝道：“你要是还不说，今天就让你死在这里喂狼吃！”

苏瑶扣压扳机前的瞬间，眼镜男大喊：“我说，我说，向前面翻过两座山，有一个不大的盆地，里面有几幢方形建筑，游戏的开发和运营团队都在里面。”

晓鹏飞到空中远眺，发现两座山后确实有几幢方形建筑，然后落到地面，说：“应该是真的，而且你看他背后的飞行书包肯定是返程用的，距离应该不会远。”

晓鹏打开地图，查了下，地图给出警告：“那个区域属于警署管制地区，除非收到登录许可，否则我们不得靠近。”

晓鹏说：“管他呢，我们冲过去把它给炸飞得了。”

苏瑶想了想说：“不行，无论如何，警署我们不能惹！”

晓鹏：“姐姐，你不会是害怕了吧？我们不管了，那怎么办啊？”

苏瑶：“这样，我去审讯被捆的那名工作人员，全程录制成视频证据。你搜集所有媒体的新闻线索联系方式、主编信箱这些。”

几个小时后，元世界安全防务局的巴顿将军、数百家主流媒体、元世界警卫安全保护署署长邮箱，都收到了关于《头牌猎人》操控玩家杀人的大量证据和举报材料。

次日凌晨两点，安全防务局、警卫安全保护署共同组成的行动部队，像数十道闪电从空中掠过，数十艘军用和警用飞行器将盆地的几幢方形建筑包围了起来，数百名全副武装的军警战士从天而降。警笛响起，爆闪灯发出一束束耀眼的光芒，指挥舱的喊话声、地面的枪战声、爆破声、尖叫声、建筑轰然倒塌的声音交织在一起，响彻山谷。

皓月像银盘高悬在万里无云的碧空，月光皎洁柔和，淡淡地、柔柔地、静静地洒向地面，如同闪光且缓缓溢动的清水。广阔的土地山峦都处于皎洁的月光之下，像是已经安然入梦的巨人。这一切就像是梦幻中的世界一样！

在月光的照耀下，距方形建筑一两公里外的富岗山顶，三个人围坐在一起喝酒聊天，他们一个个满脸通红，浑身散发着酒气，嘴巴上的油散发着光泽。

中间的烧烤架上摆满了各种肉类，“滋滋”作响，在月光的照射下灼灼闪亮，偶尔有油滴到氢灶上，瞬间蹿起火苗，风吹过，袅袅升起的青烟左右摇摆。

“孜然少辣，再来十串羊肉串！”苏瑶吩咐道。

一个穿着网兜衣服、满脸胡子的眼镜男连声答应着。

晓鹏说：“给我烤串腰子，七分熟，别太咸！”

眼镜男暴躁起来：“嘿，真把我当成打杂的啦，我可是高级工程师！Unity3D[①] 官方认证 UVP，C++ 和 Python 至少是大师级，沉浸式游戏引擎核心代码贡献者！我跟你说我虽然职务不高———”

晓鹏皱了皱眉头，喊道：“区块链、物理电子学、分子药理学，我还有三个博士学位呢！伤口刚才谁给你缝好的？”晓鹏一边说，一边把手枪晃了晃。

眼镜男马上服软了，嘟囔着：“好吧，好吧！唉，我也是倒霉，我今天就不该出来！”他瞟了一眼苏瑶，然后凑到晓鹏的耳旁，问道：“你和她有没有……有没有那种关系？”

晓鹏瞪了他一眼，说：“没有，你瞎说啥呢？那是我姐！”

眼镜男推了推眼镜，往苏瑶身边蹭了蹭，拿了十串烤好的羊肉串递给了苏瑶。苏瑶接住的时候，眼镜男鼓起勇气，咳了两声，说道：“你看，今晚的月亮好圆啊！”

苏瑶一边狼吞虎咽地大口吃肉，一边点了点头。

眼镜男继续说：“虽然我只是个程序员，但是我的存款足够养活一大家人。咱们能不能——你愿意成为我的家人吗？我是说你死后愿意葬在我们家祖坟吗？”眼镜男一边说着，一边把手放在苏瑶的大腿上。

苏瑶仍然在狼吞虎咽地大口吃肉，她向斜后方一甩胳膊，眼镜男应声倒下，苏瑶说：“再在这里胡说八道，我把你也烤了！”

① 实时 3D 互动内容创作和运营平台。

第六章　脑复制完成

上海市，金和嘉园。何小鹏摘下多功能头盔，脱下一次性轻薄运动感应服，拿起了手机：“瑶儿，我天天陪你打怪，你啥时候让俺见你一面啊，呜呜……”

苏若瑶：“你不是天天见我吗？天天和我在一起。”

“我要见真人，见活的，我要抱抱，我要去北京找你。”何小鹏又发了“舔狗”的表情和两个猫咪搂在一起的“抱抱”表情。

屏幕另一端，北京，苏若瑶发了一个“安抚”的表情——一只手不断抚摸一个狗头。

何小鹏：“不行，我要罢工，我要抱抱！”

几分钟后没有了信息。

何小鹏：“你生气啦？”“有时候我会想，我们现在的生活是不是过分沉溺在网络世界了，前两天玩《头牌猎人》的时候，我每天精神恍惚，感觉随时都有可能崩溃，甚至想自杀。”

苏若瑶：“想起一句好玩的话，‘自从我得了精神病，整个人都精神多了’。”

何小鹏发了个“号啕大哭”的表情，然后又说：“我是认真的，现在好多人沉迷在虚拟世界里面，要么逃避现实，要么寻求刺激，要么是为获得别人的关爱，觉得现实生活很无趣，没有人懂自己。简单说，这就是爱好，就是打发时间，严肃一些说这是变态、吸毒、鸦片也不为过。当然，事情往往具有多面性，这也是我们生活的一部分，就像有了汽车，如果还要走路或者坐马车，确实也没必要哈。”

苏若瑶：“好话坏话都让你说了。”

何小鹏：“虚拟世界的确很有趣，里面有好玩的游戏，好看的影视和有趣的陌生人。它让你暂时忘记了生活里的烦恼，让你觉得满足，但它永远都没有办法给你切实的关心，比如在你生病的时候喂你粥喝。人生中还有很多惊喜，而这些惊喜只能在现实世界体会到。”

苏若瑶：“怎么感觉你突然变成了一个哲人，一副很深沉的样子。”

何小鹏：“其实，我就想表达一种意思，我好想见到你啊！”

苏若瑶：“我觉得你只是喜欢游戏里面的我。如果我和游戏里面不一样呢？甚至相反！我很丑的，见光即死。你知道恐龙吗？我就是传说中的恐龙。”

何小鹏：“不会的，不会的。就算你真的是只恐龙，我也会喜欢的。”

苏若瑶：“得了吧，别把自己说得那么高尚。男人的嘴，没一句真话，哼！”

“唉，真见面了，人家倒不一定能看得上我啊。可我就是想见她啊！”何小鹏脑袋前倾，摔倒在自己的胳膊上，嘴里嘟嘟囔囔。一会儿，他挺直身子坐正，看着桌子上的午餐——两个汉堡，一根煮玉米，一杯豆浆。他的工作是每天下午到不同的停车场进行无人驾驶汽车的修理和维护——也就是他说的“托马斯维修工程师”。当今社会，只有少数人开私家车，大部分人会选择乘坐公共交通工具出行，公共交通工具使用最频繁的就是无人驾驶的托马斯，托马斯就是最多能乘坐两人的迷你电动车，用电脑、手机、手表、眼镜等智能设备随叫随到。乘坐托马斯出行，绿色、环保、廉价、方便，不容易违章，可自动寻找最优路线，不需要考虑停车费和能源开支，从 2080 年起快速得到

普及，成了最主要的交通方式。

何小鹏戴上多功能眼镜，这样他可以边进行语音通话边拍摄视频，让苏若瑶看到自己的世界，即便是苏若瑶没有接听，自己也会以视频短信的形式发送给她。他非常想分享自己的世界给苏若瑶，尽管苏若瑶几乎不和他视频通话。

“你看，托马斯可以首尾串联，当多台托马斯相遇时，如果他们的路线重合度高，会自动链接组装，减少对公路的占用，减少拥堵。”

电梯到了地下三层，晓鹏来到地下车库，绕着自己的车走了一圈，拍摄起了自己的托马斯工程车，他从车的扶手箱中取出工作证戴在脖子上。

“这三台是我的专属座驾，跟你们平时乘坐的可不一样，这都是专业定制的。”

“我的专属座驾，看起来像一辆 MPV①，其实是三辆托马斯组成的。你们平时乘坐的托马斯都没有方向盘，我的托马斯是有方向盘的，不过车上确实是脏了些、乱了些。”何小鹏收拾了下座位上的线路板、改锥等工具，把一袋饼干放进了收纳箱。

他习惯性地开车出了地库，小区旁边有邮局、超市、银行，几公里外，持续一周的年度冰球大赛刚刚闭幕，所以路上有些堵……

① MPV（multi-Purpose Vehicles），多用途汽车，是从旅行轿车演变而来。

何小鹏说："我跟你讲，我们威汽集团，可是全国最大的托马斯集团，我们市场占有率超过了 18%。"

"瞧把你能耐的，又不是你的公司。"苏若瑶回复。

"嘿，好吧。"

"接下来，我带你去看看我日常的工作内容。苏若瑶女士，你好！下面请跟随小鹏的视角，独家体验托马斯工程师的一天。好了，话不多说，Let's go（出发）！"

"共享汽车最核心的是数据采集、数据在线和智能控制，相比私家车，共享汽车更加注重团队协作、服从指挥，注重群体的智慧。私家车是满足车主的，以车主为核心，共享汽车是满足乘客的，以乘客为核心。"

"智能网联设备 RAXI① 和多套智能软件控制着托马斯的运行。RAT② 是连接在 OBD③ 接口上的小盒子，它主要干两件事：一是控制门锁；二是采集数据。车务系统最主要的是运维系统，可以用来处理保险、维修保养、调度清洁等工作，使用人员涵盖内外部运维人员和合作伙伴。运营系统包括平台运营的主要工具，功能十分丰富，涵盖用户管理、车辆管理、场站管理、车务原理、客服管理等。"

---

① 此处为小说设定，技术专有名词。

② 此处为小说设定，技术专有名词。

③ 车载自动诊断系统。

“乘客使用起来非常简单，使用手机、智能手环、智能手表等打开 APP，面向乘客的主要功能包括下单、开关锁、还车、鸣笛、事故上报、违章处理等。”

“你在听吗？”

“没有，我在画画！”苏若瑶答。

“嗨，你这人怎么这样啊，我这么认真地在给你讲解。”

“好吧，好吧。看在你平时跟我降妖打怪的份上，我不画了，今天陪你旅行。”苏若瑶说。

“瑶瑶，你真好，”何小鹏把眼镜摘下来，镜头朝向自己的脸，努嘴做了个亲亲的姿势，然后又戴上眼镜，“我们快到喽！”

“我是维修工程师，我们还有负责调度、维护的人员。我的好兄弟小周，每天调度二百辆以上的车，辖区有条河，战争时期那条河内尸骨堆积如山，所以戾气特别重。河旁边原来有两座镇妖塔，就是为了镇住河里面的恶鬼不让外逃的，后来两座塔都倒了。有一次有一辆车找不到了，我这个兄弟小周凌晨去附近的陵园找车，我的天啊，凌晨三四点，全是墓碑和牌位，还有鬼火往外蹿，野狗成群，还有假人插在地上迎风招展，能把人活活吓死！”

苏若瑶：“听着就吓人。”

“后来托马斯找到了，不过已经被烧了一半。你猜怎么着，是个男人烧给他亡妻的。这个男人被派出所以损害公物罪刑事拘留了，不过，后来我们查到烧车的男人其实提前一天去我们一个工作站预约了损毁赔偿。我们就和他和解了，并没有追究他的刑事责任。”

苏若瑶:“真有意思。”

何小鹏来到一个大型无人超市的停车场，根据目标车辆的 GIS 信息，很快找到了一辆橘黄色的托马斯。他用一个手持设备与车门接触，随即车玻璃上出现了如下信息:“身份识别中……”，“工程师 0826 号，请输入你的登录密码: ******”。他输入了登录密码，又被告知需要“输入权限密码”，他熟练地输入了权限密码。

何小鹏进入车内:“托马斯的前挡风玻璃，就是一块 66 英寸的巨大弧面 OLED 超视网膜屏幕，当乘客打开车载视听娱乐系统后，前挡风玻璃就会变成一个大屏幕，默认状态时就是挡风玻璃，乘客可以看到前面路上的风景。”

何小鹏将右侧座位前面的面板打开，露出了插槽和密密麻麻的线路，他拿出 Altra 汽车故障检测仪，将一排插脚插入车的插槽。不久，检测仪屏幕上出现了各种图形的参数、动态数据流和复杂的操作界面，有三个波形的图案非常规律地延展着。小鹏盯着屏幕看了一会儿，从座位底下掏出了工具箱，用螺丝刀一个一个松开座位前面的面板框架，他用力一拉，面板框架便被摘了下来。他把手伸进去摸到了大屏幕的几根红黄的数据线接口，然后捋了捋，仔细检查了一遍，将两端拔下来然后又插上，盯着屏幕看了会儿。

他用含酒精的纸巾擦了擦手，掏出一个键盘来接到故障检测仪上，开始对着检测仪屏幕输入一行一行代码。十几分钟后，他的表情放松了一些，他拍了拍手，又输入了一些代码，然后敲击回车键，前面的屏幕瞬间亮了起来。

“瑶儿，瑶儿，你看我搞好了这块超视网膜屏幕。”可是没有收到苏若瑶的回答，何小鹏又喊了两声。

“哎呀，讨厌你，我昨天画画本来就睡得晚，你烦死了，别说话了。”

“好的，好的，你睡吧。”他做了一个亲亲的表情，关掉了摄像头和语音系统。

苏瑶正在家中练功，捉妖师协会的副会长，也是捉妖师们的知心大叔——上官酋毅的电话打了进来，苏瑶赶紧接通，立正行双手合十礼。

“Z”形标志装饰的通话窗口内，满面红光的上官酋毅简单回礼，然后便迫不及待地说道：

“苏瑶，我看你最近都在惩恶扬善，这是好事。但是叔也劝你，怪兽虽然凶悍，但是简单；有些恶人看起来文明，其实是最险恶、最歹毒、最复杂的。”

苏瑶点点头。

上官酋毅继续说:“唉！你们年轻人都有自己的想法，我呢，也只能唠叨一下，将来你就会明白的。人类社会水太深、坑太多，恩怨情仇，尔虞我诈，唯利是图。叔给你的建议就是好好降怪除兽，免得招惹灭顶之灾。”上官酋毅说完，盯着苏瑶看了一两秒钟，然后挂断了电话。

苏瑶和晓鹏加入捉妖师组织，就是上官酋毅介绍的，苏瑶成为捉妖师后感觉自己不再孤单，而且觉得自己成了一个对社会有用的人。

苏瑶每次打坐或者静修，大脑时常会被一阵阵电流强烈地刺激，疼得她在地上滚来滚去，疼痛消失后，她会呆呆地望着前方，大脑中一片混沌，就像刚刚发生过大爆炸的图书馆，没有秩序、没有规则、没有逻辑……

苏瑶无数次地回忆起小时候的一些场景，母亲跪在地上哭啼哀求，但父亲还是签署了放弃治疗的知情同意书，因为他们的女儿苏瑶全身瘫痪、70% 的肌肉已经萎缩还在继续扩散，心脏停止跳动只是时间问题。当父母离开后，一个穿着条纹西装、戴着眼镜的中年男人出现了，他的名字叫石符，是《石狝社》的社长，他就是苏瑶后来的师父。石符保留了苏瑶的大脑，而且为苏瑶打造了一副超强的躯体。

这就是苏瑶几乎全部的儿时记忆，除了父母的名字和面孔，一切都是如此清晰，像一部老电影的片段重复播放着。有时，苏瑶能听到一个女人撕心裂肺地喊着“快跑！快跑！”，随后就是惨叫声。

《石狱社》的保健医生说这个声音可能来自苏瑶安装义体后，大脑与义体神经耦合连接时，排斥反应引发的心理幻觉。

苏瑶曾经无数次想搞清楚，什么是对、什么是错。她的生命——应该说是大脑生命得以延续，是师父给了她第二次生命，按理说师父让自己怎么样，她应该照做，可是，师父冷血无情，只不过是个商人而已，所有师父带回来的大脑或者残体，只不过是精打细算后的一丁点儿投资，他唯一的目的就是赚钱！

所以他有上百个徒弟，而为了让每个徒弟成为最厉害的打斗武器，他从来没有怜悯、仁慈和善良。苏瑶从来没有看到师父有哪怕路人看到一只受伤的猫一样的那种关切，更不要说慈祥的眼神、温柔的微笑了。

他浑身上下每一个细胞都冰冷无情，令人不寒而栗，而这些拥有义体的可怜灵魂面对的永远都是嘲讽、责罚、辱骂、训斥，皮鞭、挨饿、关小黑屋是家常便饭。

不仅如此，苏瑶还多次亲眼看到格斗比赛中成绩最差的、无法修复的社员被他活活扔进锅炉烧死、冲着脑袋开枪打死。苏瑶的正义感是与生俱来的，她曾经暗暗发誓，将来一定要把这个恶贯满盈的人千刀万剐——尽管苏瑶因为异常优异的表现，几乎没有受到过什么责罚。苏瑶曾经有几次机会杀掉石符（当然那可能只是替身），但是每次要么犹豫、要么畏惧。她非常困惑，自己怎么做才是对的，怎么做是错的……

《头牌猎人》的封面是双手举着一颗头，而《石狨社》的标志是一只没有头的猴子，苏瑶现在想起来了，《石狨社》和《头牌猎人》的本质一样。师父和《头牌猎人》游戏背后的大 BOSS 没什么区别，养人——杀人——收钱——养人！苏瑶从师父那里逃跑出来的时间不短了，她知道师父早就想把她碎尸万段了，大师兄曾经虚报师父的死讯想骗苏瑶回去吊唁，后来又耍很多花招希望苏瑶能够“浪子回头”。苏瑶曾经每天被《石狱社》的脑意识通信折腾到几乎精神崩溃，但随即苏瑶的大脑开始主动抑制这种信息，苏瑶已经很长时间没有再被骚扰了，但最近她的大脑又开始被联网通信了。

苏瑶思来想去，决定必须做个了结。她答应师父复制她的大脑的要求，条件是双方从此一刀两断，互不相欠，没想到大师兄很快就答应了。其实这是一件她极不情愿的事情，因为大脑中记录了很多她的隐私。晓鹏劝苏瑶不要去冒险，说他正在研究，他可以确定苏瑶大脑中被植入了生物芯片。晓鹏向苏瑶承诺，两个月肯定解决这个问题，之前他将大部分精力用来搞机甲和武器系统了，只要他集中精力肯定可以剔除生物芯片。

但苏瑶决心已定，仅听取了晓鹏的部分意见：要求大师兄提供脑复制的完整设备信息和详细的操作手册、工艺流程、过程控制等所有信息并且发到晓鹏的隐名邮箱。晓鹏又陆续要了更多资料并且确认这种复制确实是真实可靠的，仅仅是实现从一个大脑复制到另外的生物大脑，并没有将脑信息转化为计算机格式进行处理或者备份，晓鹏这才放心了。晓鹏针对脑复制过程将苏瑶的机甲做了相应设定和改进，这样机甲将仅针对脑复制进行避让，对于任何额外的侵犯和危险将会像正常工作模式一样，启动保护和对抗程序。

苏瑶按照约定来到她度过了 6 岁到 20 岁、和其他兄弟姐妹们一起受训、一起成长的《石狱社》。

《石狨社》位于一个无人区的青山之巅，虽然在两千多米的高空，但是这里四季如春。已经晋升为副社长的大师兄正站在门口等候，他身穿一身黑衣，满脸堆笑地将苏瑶迎进了大院，院子正中间有一面巨大的无头猴的旗帜迎风飘扬，甬路两侧照常有很多人在练习搏杀术。

苏瑶看着目光阴郁满脸杀气的一个个脸庞，他们可能只有七八岁，有的被安装上了青年或者成人的仿生义体，有的只是一堆钢铁裸露的零部件，本应该天真无邪、活泼可爱地享受美好童年的孩子们却成了杀人机器！唉，这样活着和死了又有什么区别呢？苏瑶的伤感并没有表现出来，她和大师兄一边寒暄，一边进入了《石狨社》的医化室。

医化室中间摆放着一台约三米宽的立方体形状的崭新设备，苏瑶被推进设备内密封的医用舱里面，设备的自检程序和对苏瑶大脑的检测程序很快启动。崭新的设备很快又被一个几厘米厚的合金防护盖罩住了，与地面的卡槽“咔嚓嚓”咬合在了一起。

站在外面的大师兄发出了阴森的笑容，他招了招手，几十个全副武装、手持激光枪的社员将防护盖牢牢围住。包围圈外不远处，一个刚刚安装好义体的绿头发的女人正在被推进一台同样崭新的类似的设备中。

机械手、电极杆、屏蔽仪、脑成像仪、光度计、荧光分析仪、电极帽、导电膏、氯化银电极、电位仪、注液孔、微电检测仪、微磁传感器、蜂鸣器、信号发生器、调制解调器、位同步信号仪……成千上万个巧夺天工、邃密精美的装置高速运转，像是在演奏一首人类智慧结晶的完美乐章。

医用舱顶部及四周，各种各样的仪表，无数面屏幕，成千上万个动态变化、实时更新的数据和指标，各种复杂的代码被自动输入、计算和执行，令人啧啧称奇！苏瑶和绿发女同时摇晃着脑袋，口吐白沫，耳朵、鼻子和眼睛里有蓝色的液体浸出，她们都皱着眉头，脸上露出极其痛苦的表情。

几十个小时后，脑复制完成！正当一只装满黑色液体的注射器将要刺入苏瑶大脑的时候，苏瑶的机甲瞬间恢复了功能。一声巨响，全副武装、身披机甲的苏瑶像突然发射的火箭一样，冲破舱罐、掀翻屋顶冲上了云霄。下面惊恐的人群缓过神来后，朝天上开了几枪！

背部有“Z”形符号的银粉色机甲像一道亮光刺向天际，苏瑶瞬间消失得无影无踪。

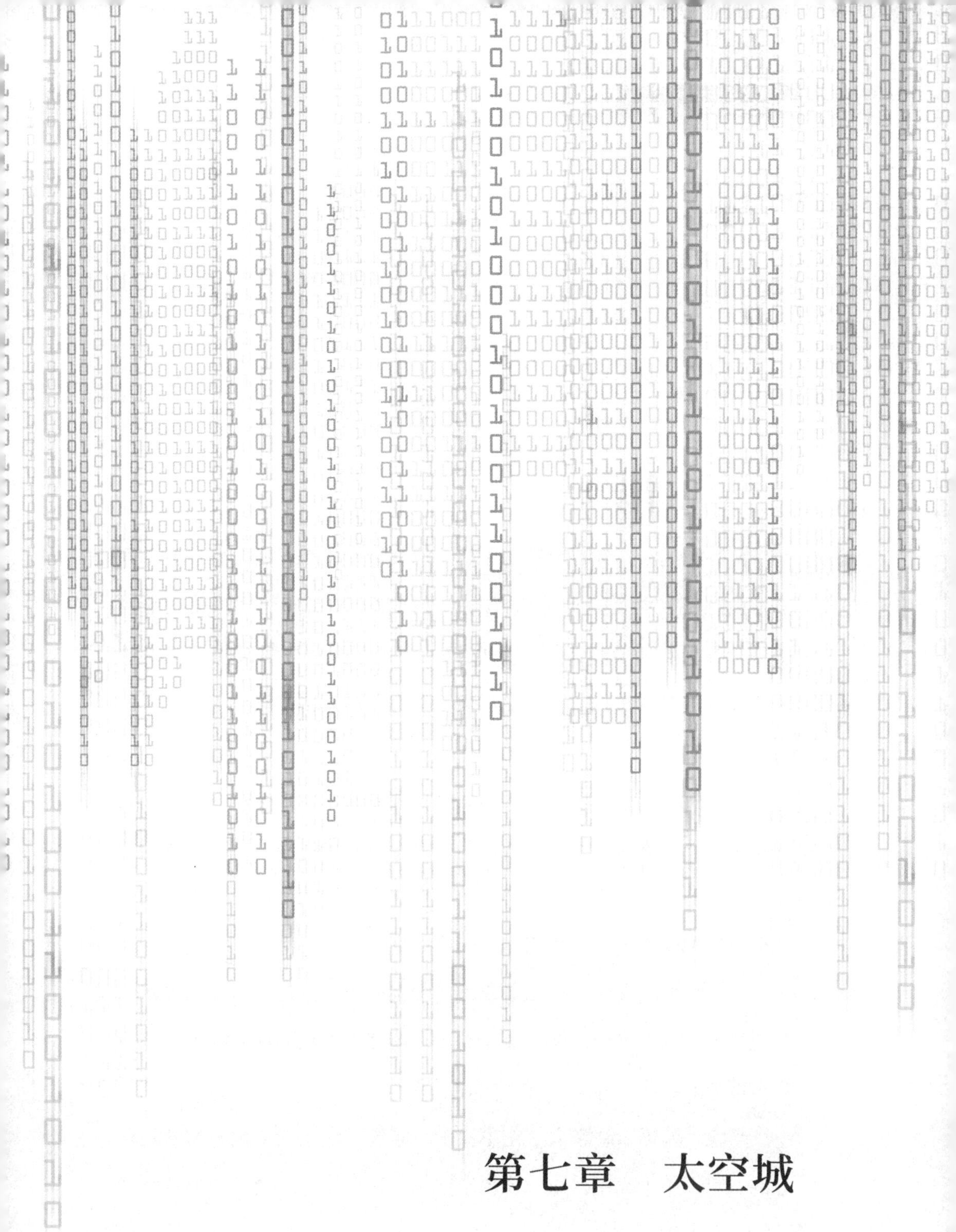

第七章　太空城

警卫安全保护署的迈克尔探员并没有被判死刑，但是他毕竟杀人了，而且是以警官的身份杀人的，无法宽恕，最后的判决是终身监禁，并且没收所有个人财产、免除一切公职。迈克尔提出希望余生继续发挥自己所长，在监狱里以义工身份协助办案，这项请求获得了批准。

一日，迈克尔告诉苏瑶，最近有一种名叫“蓝色魅姖”的毒品快速泛滥，已经成为多个地区最大的治安隐患。蓝色魅姖呈粉末状或液体状，几乎在所有饮料中保持成分稳定，不会改变其毒品效果，这就使得查处工作变得异常困难。

城区因为吸食这种毒品造成的治安案件已经超过二百起，虽然偶尔能抓到一些小毒贩，但却查不到贩毒集团中高层的任何线索，警卫安全保护署对此一筹莫展。

当晚，苏瑶和晓鹏去了空中酒吧一条街，这条街道位于东部娱乐区的二百一十米高空，与巴比伦空中水上乐园毗邻。他们随便选择了其中一家，这家酒吧所有的建筑和设施是完全透明的，四层高透明的玻璃伴随着五彩的灯光、热闹的人群、劲爆的演出，让人禁不住心血澎湃、躁动不安。

第一层今天有免费的外星生物展览，主要是为了吸引客户眼球，正在展出的是拥有四条长腿、上半身是南瓜状的一种食肉动物，被关在一个巨大的玻璃缸里面，它的四只眼睛能同时看四个方向，一旦发现猎物，四条腿中间会迅速甩出一条带刺的尾巴；第二层是都穿着泳装的帅哥靓女，他们端着酒杯走来走去，互相搭讪；第三、四层则是更加开放。每一层价格和消费自然也就不一样。

苏瑶和晓鹏坐在最上面一层一个角落的沙发上，点了些酒和小吃，不断有穿着简单的陪侍凑过来。这里的大部分陪侍都是机器人，很少有真人，如果是真人的话头顶都会带一个类似于触角的装饰，触角顶端有个发光球的道具，女的是小粉球，男的是小篮球。

很快有人过来敞开衣服，向他们兜售蓝色魅姫，晓鹏各式各样的都买了一些。

晓鹏和苏瑶这两天经常去夜店、娱乐城，收集了一些蓝色魅姫毒品，可别的却没有任何线索。即便是抓住毒贩暴打一顿，得到的最有价值的信息就是在暗网的一个论坛注册登记，只要匿名使用比特币支付，然后提供传送台地址，对方就会用匿名且无法追踪的传送器发货过来。

晓鹏回家后对这些毒品做了分析和检测，发现蓝色魅姫是一种合成病毒，成分包含两种单萜烯酮、钙粉和一种类似麦角酰二乙胺的未知元素，钙粉在这个配方里并没有任何作用。晓鹏经过长时间的比对寻找，确定了类似麦角酰二乙胺的未知元素并不在“元世界共享知识及资源库”中。

晓鹏又用了两周的时间，在太空星际安全管理中心档案库中找到了一种名为“WED”的相同物质，“WED”是锡地罡星球奴隶主用于控制奴隶的一种食物调料。

晓鹏兴奋地把这个消息告诉了苏瑶。

苏瑶也很高兴，但是随即开始犯愁，说：“第一，锡地罡星球太远了，两人很难到达，至少需要一艘暗物质太空飞船；第二，太空星际安全管理中心没有熟人，即便是找人介绍，又能怎么样呢——”

苏瑶还没说完，看到晓鹏满脸不悦的样子，便安慰他说：“这条线索很好，只是需要考虑得更全面，第一步、第二步、第三步，备选方案是什么，有哪些保障措施，最好能形成一个完整的作战方案。”

两个人最近密集地探讨如何找到“WED”的买主，星际贸易公司至少有几十家，还有很多中小走私商，这个难度真的不小。苏瑶和晓鹏愁眉不展，两个人倒了些伏特加围着检验台坐着喝了起来，当苏瑶把酒杯放在台子上的时候，她透过酒杯霍然看到，毒品粉末样品的表面有密密麻麻的符号。

苏瑶叫晓鹏过来看，晓鹏发现确实像是一些有规律的符号，他找了放大镜仔细观察和辨识，看到了一排排一列列整齐重复的字符“ARGU”。

晓鹏认为这条信息并非偶然出现在这里的，一定有某种含义，他经过搜索查到了ARGU，原来是一个废弃的太空城市的名称。

苏瑶："那为什么这些字符会出现在这些毒品上呢？"

晓鹏："我也不知道，但是我仔细检测了下，组成字符的正是那些毒品中没有什么作用的钙分子。而且我还发现这些钙成分是一种可编程物质，'可编程物质'的概念起源于20世纪90年代初，涉及计算机科学领域中的大规模分布式计算问题（物质由大规模有独立计算能力的分子组成），并行计算和并发计算问题，网络通信问题（分子之间需要协同合作），定位问题（分子需要知道自己当前的位置）。"

苏瑶："我是捉妖美少女，不要和我讲这么复杂的问题！你直接说咱们去砍谁就行了。"

晓鹏："你是天女下凡间，不过脸先着了地。"

苏瑶没听明白，思索了一下，说："你刚才说啥，你再说一遍！还有，你是不是昨天偷看我洗澡了？"

晓鹏："我看你洗澡？我前两天捉回来的兔子是怎么死的？不就是正好看到你洗澡，从浴室出来后，生无可恋，马上就撞墙死了吗？姐姐，您快饶了我吧，我还想多活两年。"

苏瑶追着晓鹏打了十分钟，两个人都口干舌燥，便坐下来继续喝酒。

晓鹏搜索发现ARGU与VLAND之间居然有条固定航线，去往ARGU的唯一港口“终陌”位于VLAND西部边缘地带。航线是为了保证宇宙飞船、天体、飞行器、卫星、太空城等有序、安全、平稳、高效地运行而设定的。整体都是由元世界事务管理局分配并且管理，每年失效、空载、接近空载的固定航线都会被关闭、注销或者降级为临时航线。晓鹏和苏瑶搞不清为什么这条航线还存在，他们决定先到“终陌”港探查一番。

喷绘着“Z”形捉妖师标志的特种武装飞行器向西部驶去，傍晚，两人来到一个废弃的矿场。港口居然就在这个矿坑里，方向标识、跑道线、指示牌等虽然模糊，但依稀可辨，飞行器缓缓降落在矿坑底部巨大空地上的停机坪上。他们看到矿坡上有块大牌子——“终陌”，牌子已经严重掉漆，而且落满了尘土，歪歪扭扭勉强矗立着，矿山上有一个塔台，高亮的信号灯光快速闪烁着。

巨大的矿坑底部有三个起降坪，有破败不堪的候机楼、航空补给站、航空客运站等设施，供应氢料、核料，离子模块的能源供应屋已经坍塌。

一艘烧毁的飞行器和几辆报废的汽车停在矿坑边缘的区域，一群乌鸦从飞行器里飞出来，呼啦一下散开飞向了远处。

晓鹏第一次见到这么破落的港口，说：“这也是长见识了，这种地方不会有工作人员吧？”

苏瑶：“谁说没有，你看那边有穿制服的人走过来了。”

苏瑶和晓鹏从飞行器上跳下来，一个穿制服的男人带着几个人晃晃悠悠地走过来，制服男问道：“我说，你们是不是走错路了？”

晓鹏：“没有，我们要去 ARGU。”

制服男：“你们去那里干什么啊？”

晓鹏：“我们去——我们去探亲。”

制服男：“有飞行许可吗？”

晓鹏：“没有。”

制服男：“那你们回去吧！”

制服男身后的几个男人叽里呱啦在议论着什么。

“还有个小美女，这么放他们走是不是太便宜他们了？”

几个人猥琐地大笑起来，其中一个光头快步走过来，把手伸向了苏瑶。

苏瑶早就忍不住了，她一把抓住光头的胳膊，转身一扭，“嘎巴”一声光头的胳膊就断了，她紧接着飞起一脚踢向光头腹部，疼得光头捂住腹部“嗷嗷”乱叫了两声，紧接着像根木头一样倒在了地上。

有三个男人拎着砍刀冲了过来，但他们还没搞清楚情况，已经被砍倒在地上动弹不得，苏瑶两只手上各握着一把砍刀，刀尖上的血滴垂落下来。

制服男和另外一个男人掏出枪来，“啪啪”几颗子弹打到苏瑶身

上马上成了铜块，制服男又掏出一把军用激光枪射向苏瑶，苏瑶的机甲出现了淡蓝色的波状涟漪。晓鹏抬起胳膊，两枪打在两个男人的腿上，两个男人尖叫着倒在地上，苏瑶夺过他们的枪械用力掰碎，扔到了远处。制服男惊慌之中按下了警报器，警报声随即响起。

苏瑶和晓鹏做好了迎战的准备，却并未发现任何动静，只听见几个人在地上的呻吟和哀号声。但是很快晓鹏被撞倒在地，苏瑶想上前帮忙，却突然被什么东西掀翻了，重重地摔倒在地。苏瑶和晓鹏看不到敌人，但是却不断地被攻击，虽然有机甲保护并未受到伤害，但两人都无法开展有效的进攻，只是乱开了几枪或向空气挥舞着拳头。晓鹏不断切换头盔眼镜的工作模式，调整视觉与感知系统的功能和参数，但就是发现不了敌人，敌人完全是透明的，而且能自动躲避各种扫描和探测！

苏瑶和晓鹏两人想打敌人却打不着，敌人不断发起进攻却无法对苏瑶和晓鹏造成伤害，双方处于胶着状态。

一个透明人突然现身，以极快的速度跑进候机楼一层的小黑屋。苏瑶飞快地追过去，小屋的灯突然亮了，瞬间无数细微的颗粒从四面八方喷射了过来，白色的粉尘很快四散飞落，苏瑶站在那里不知道发生了什么。她举着枪警惕地环视四周，却发现自己的胳膊不见了，正当她惊惶不安的时候，却发现自己的腿也不见了。

苏瑶从来没遇到过这样的情况，突然有点错乱，她迷迷瞪瞪向前走了两步，却看不到自己的腿和脚。她踉跄了两下，左右摇晃，差点摔倒。

她很快镇定下来，用意念移除打开了腿上的机甲，她终于能看到了自己的腿。旁边一道寒光闪过，苏瑶的右腿被砍下来了，疼得苏瑶“嗷”的一声摔倒在地。这时晓鹏走了进来，看到到处都是正在融化的白色粉尘，地上有苏瑶的一条腿，晓鹏吓得差点晕厥过去。苏瑶说：“我现在变成透明人了，我过去抱住你，赶快带我离开！”

晓鹏想问清楚，但知道情况紧急，刚想上前突然被打倒在地，晓鹏持枪随便开了一枪，抱着苏瑶的右腿站了起来。无数细微的颗粒从四面八方喷射了过来，这时晓鹏感觉被人紧紧勒住了脖子，只听苏瑶说道:“我已经抱住你了，马上走！”晓鹏启动机甲助力，纵身向门口跳出去，随后晓鹏启动荷电粒子驱动器迅速飞向空中。

“Z”形捉妖师标志的飞行器自动启动飞向了空中，晓鹏带着苏瑶，飞入了飞行器的收纳舱，他们降落在数公里以外树林中的一片空地上。晓鹏的机甲也被喷到，身体有的部位出现透明的点块儿，庆幸的是影响并不大。

晓鹏顾不上自己，他迅速进入苏瑶机甲的操作系统，控制苏瑶的机甲缓缓张开，然后取下了表层已经变得透明的苏瑶的机甲，给她做了紧急救护处理，止住了流出来的蓝色血液。苏瑶的身体结构与普通人基本相同，肌肉、脂肪、组织、器官等一应俱全，不过都是人造物，纤维、蛋白、细胞、神经、血管等也都是人造的，而且苏瑶还拥有痛感神经，所以腿被砍断的疼痛令苏瑶昏迷了过去。晓鹏将苏瑶的痛感神经关闭了，然后唤醒了苏瑶。

晓鹏告诉苏瑶因为飞行器上缺少一些高端专用仪器，必须回大本营才能将她完全修复，建议苏瑶马上回家治疗调整，恢复健康之后再来复仇和调查 ARGU 太空城的事情。但是苏瑶坚持要尽快去 ARGU 收拾他们，查出真相，免得他们突然转移。晓鹏把苏瑶被砍下来的右腿拼接回她的躯体，骨骼自动重新连接，但是肌肉、血管等无法恢复，苏瑶的右腿只能支撑但无法用力也无法完成一系列连贯的动作。

晓鹏认定机甲上被嵌入了大量的隐形颗粒，不过这种颗粒是临时的，隐形效果只能持续一段时间，因为苏瑶的机甲正在逐渐恢复显示。晓鹏使用机甲维护装置清除了苏瑶机甲上的附着物，恢复了原样。苏瑶穿上机甲，晓鹏将苏瑶的右腿机甲从原来的“肌肉驱动为主”修改为“意识驱动为主”，苏瑶试了几下，每次用到右腿右脚的动作都很难完成，要么是反应较慢，要么是方向和力量无法控制。晓鹏让苏瑶闭上眼睛去感受，不用去想那个动作，不要刻意的干涉，只是像平时那样就行，苏瑶又试了几十次逐渐好起来。

几十分钟后，压腿、搬腿、劈腿、旋风腿、蹲马步、前踢、侧踢、后踢、下劈、勾踢、后旋踢等，苏瑶已经可以精准自如地完成每一个动作，她已经完全可以使用意识来控制右腿的机甲了，而且右腿机甲与身体其他部分、与用肌肉控制的其他机甲部分都能够无缝衔接了。

苏瑶和晓鹏重新出发，这次直接开向ARGU太空城，距离ARGU几十千米的时候，被两发轻型跟踪导弹尾随纠缠。这种追踪弹威力巨大，两艘追踪导弹像长了眼睛似的：晓鹏急剧拉升，炮弹也跟着拉升；晓鹏螺旋状向前行进，两发跟踪弹也以螺旋状向前；晓鹏将速度开到极快，两发炮弹也飞快地加速。晓鹏紧张得冒出汗来，只要稍微慢一些估计就会被击中。苏瑶瞄准跟踪导弹不断射击，跟踪导弹就像长了眼睛，总能自动及时闪躲。

晓鹏急了，看到两发炮弹离飞行器只有几十米了，他突然控制操纵杆将飞行器头部猛地抬起来，由于速度太快，飞行器瞬间就被巨大的气浪抬高掀翻，翻着跟头从追踪弹上方向后飞去。两个追踪弹撞在一起，“轰”的一声，ARGU 大气层都震颤了，巨大的爆炸声过后，刺眼的火球和弧光散开。

飞行器已经翻转了无数圈，晓鹏和苏瑶觉得天旋地转，晓鹏迅速进行状态分析，在翻滚下降的时候猛地加速，飞行器像被抛出去一样，终于恢复平衡稳住了。

接近 ARGU 的时候，地面上炮火连天，不断有炮弹射来，晓鹏灵巧地左闪右躲。苏瑶则启动了炮弹拦截模式，对可能构成威胁的炮弹自动锁定、对焦发射，半空中团团火焰像一朵朵盛开的菊花，爆炸声响彻天空如雷轰鸣。这时，地面升起四架飞行器开始对他们围追堵截，五架飞行器像是五只苍鹰在空中翱翔、旋转、飞腾、俯冲、争抢，地面加上空中的炮火织出了一张张密集的炮网，地面的建筑、设施纷纷被炸得四处纷飞。

尾随的飞行器射出铬钢飞爪，一旦被飞爪抓住，晓鹏的飞行器将无处可逃，飞爪的位置将成为所有武器自动瞄准的目标，飞行器被炸烂估计用不了 30 秒。苏瑶果断开了一枪，飞爪偏离方向飞向一个钢结构的电线塔，蓝色的电弧伴随着“滋滋”的尖叫，电线塔被拽倒，一架飞行器被重重砸落在地上，地面上一排厂房也被推平了，瞬间火光冲天。

晓鹏降低了飞行高度，突然钻入信号基站和气象监测台之间的一道狭长的缝隙。后面三架中的第一架马上调整飞行姿势，追了上去，后面两架来不及反应，撞向基站和监测台，建筑设施轰隆倒下，瞬间两团巨大的火球腾空升起。苏瑶主动出击，猛攻尾随的那架飞行器，后面的飞行器被连续射中，瞬间爆炸，残骸掉落在地面上。

此时，不大的 ARGU 大陆，一片片废墟中，到处有大火升腾而起。

ARGU 太空城面积并不大，只有几平方公里，这里已经烟火四起、满目凄凉。晓鹏把飞行器停落在一栋楼的楼顶，楼顶有个巨大的灯塔，数百盏激光灯将这里照得亮如白昼。很快很多持枪的人冲了上来，晓鹏和苏瑶背对背，火力全开，举着枪疯狂地扫射，双方展开了激烈的战斗。枪林弹雨中，屋顶上的、刚爬上来的、正在爬上来的人，还有远处另外一栋楼上的人全部被射杀。

两人正要稍微喘口气的时候，晓鹏被一个透明人从屋顶推了下去，重重地摔在楼体建筑内大厅的地面上。苏瑶见状，跟着纵身跳进了楼体建筑的内部。两人从大厅地面爬起来，只见身处一个竖井的底部，两人正对的是一部巨大的升降梯，头顶两侧几十米高的地方是蓝色的世界，到处是各种透明玻璃的管道、闸阀、容器、滤网等，有尚未研磨碎、晶体状的蓝色魅姖被灯光照到后晶莹剔透、灼灼发光，像

是一颗颗蓝色宝石。

蓝色世界的下面，一侧是数十架无人货运飞行器正在排队装载，完成装载的飞行器一边向出口滑动，一边变得透明隐身，不见了踪影；另一侧像是一个巨大的机器人物流传送中心，成百上千个机械手、计量设备、传送设备、包装设备在同时运行，不断闪烁的信号灯，液晶屏上不断变化的地址、重量、价格、折扣、代理商代码等就像繁忙的国际机场顶部大屏幕上显示的航班调度信息。

正当苏瑶和晓鹏在为这巨大的毒品集散中心啧啧称奇的时候，头顶有些东西掉了下来，升降梯的门也开了，苏瑶拉着晓鹏纵身飞起，跳到了几十米高的蓝色管道上。地面激光束射过来打碎了一段管道，蓝色魅姫从高空下雪一样“窸窸窣窣”地掉落下来。晓鹏看到有一个高压泵接口，一枪打中，瞬间接口处断开，活动的那段管道就像狂跳的巨蟒一样到处喷射。

晓鹏冲上去好不容易握住了水龙头，举起来朝着大厅地面冲灌，巨大的水柱分散成数米宽的水瀑淋浇在大厅。晓鹏控制着方向，前后左右到处淋灌，地面上“滋滋”的蓝色电流声响起，很多透明人被水击中后现出了原形，原来都是机器人。几个正在爬墙的透明机器人也被水淋湿，身上的蓝色电流狂闪，然后失去了动力，摔倒在地上。苏瑶不停开枪射击，地面和四周都是被烧毁或者射中的机器人。

警报响起，急促、刺耳、循环、反复的尖鸣声响彻整个建筑，晓鹏又举起水泵四面喷射，有一些正在走过来、爬过来的透明人也应声倒下。

整个空间的湿度越来越大，苏瑶的头盔已经能探测到电荷变化的透明人，苏瑶不断开枪射击，无数个透明机器人又纷纷倒下。苏瑶又打坏了大厅对面的几个高压泵接口，瞬间整个毒品集散中心成为一片汪洋。大厅地面上的水已经“哗哗”流淌，高空中数千千克的蓝色毒品，很多已经融化成了蓝色的液体流动奔腾起来，半空中“淅淅沥沥”“哗哗啦啦”的雨帘、瀑布、小溪向下流淌。

晓鹏和苏瑶沿着金属楼梯向上走去，他们上上下下走了好几层，数十间屋子大部分都是生产车间、杀菌设备、过滤器、破壁器、抽样仪、不锈钢容器等工艺流程设备，他们在一间阴暗的仓库内发现了很多穿着白大褂的人瑟瑟发抖，苏瑶大声问他们谁是老板，人群中有人指了指墙上，苏瑶把墙上一个名叫布兰克的戴墨镜的黑人的照片撕了下来，晓鹏用超能粘网把他们全部兜住，防止他们乱跑。两人继续搜寻看到一个标示为“调配中心”的独立房间，这个房间四周被安装了一人来高的栅栏，栅栏上面有警示语“未经授权，任何人不得靠近”。

晓鹏："这个地方应该是这家制毒厂的心脏！"

苏瑶："蓝色魅姫的核心配方、用料比例、工艺管理估计就在这里。"

苏瑶举起一个铁罐，把一段栅栏砸倒，数千伏的高压电瞬间将铁罐烧红了，铁罐冒起了火苗，很快融化在地上的栅栏上。

苏瑶和晓鹏跨过栅栏，来到房间，只见这个房间四周无窗，只有一扇门，门需要多重身份验证才能打开。苏瑶上去就是一拳，将门打穿，又打了几拳，推门进去。只见里面有能操控外面几个罐子的机械手、多个监视器，提纯、制备、控制仪器，还有很多游戏设备、网络播放设备。

这时，一个戴着眼镜、满头白发的老头儿蓬头垢面、穿着白大褂走出来，说："你们杀了我吧，我不想活啦，我早就不想活啦——"老头儿抱着晓鹏的胳膊，用晓鹏的枪指着自己的脑袋。

晓鹏直接蒙了，问苏瑶："怎么办？"

苏瑶："随便！"

晓鹏："但是他不是背后的老板啊！"

苏瑶："随便！用网把他绑上吧。"

晓鹏犹豫了一会儿，想了想，还是算了吧。两人继续寻找大 BOSS[①]的踪迹。

他们听到屋顶有动静，两人从竖井中飞出来，落在了屋顶上，只

① 游戏中首领级别的守关怪物。

见戴着墨镜的布兰克正站在屋顶灯塔下看着他们，悠闲地抽着雪茄。布兰克说道：“你们会马上打死我，还是——我希望你们让我抽完这根雪茄，也听我说说我的世界观、价值观和处世之道。”

晓鹏：“这个人就是照片上的那个大 BOSS。”

苏瑶举起枪对布兰克说道：“你说吧！”

布兰克一边吞云吐雾，一边慢条斯理地说道：“唉！你们都觉得自己是英雄，是吧？你们这些所谓的英雄，都是为了主持公道伸张正义，是吧？为了荣誉、为了地球和平，总之就是这些冠冕堂皇的理由！”

布兰克摇了摇头，继续说：“别人都是自私的，你们是无私的；别人都是渺小的，你们是伟大的；别人都是阴暗的，你们代表了光明！是这样吧？那我问你们，你们不食人间烟火就能活着吗？你们不需要挣钱吗？你们的每一分钱都是干净的吗？”

布兰克盯着苏瑶问道：“你从来没有杀死过无辜的人？”然后又将目光转向晓鹏，问道：“你呢，从来没有杀死过无辜的人？”

布兰克继续问道：“如果你们就能决定一个人的生死，那么你们和上帝、元世界警卫安全保护署、元世界安全防务局岂不是一个角色了。那我问你，你是阴曹地府的判官吗？你凭什么决定一个人的生死呢？你们出来打砸烧抢，破坏公共设施，就不需要承担责任了吗？话说回来，上帝就一定是对的吗？上帝犯了错误，谁来惩罚他呢？元世界安全防务局的巴顿将军，你们知道他搜刮了多少财富吗？这个世界上有多少贪官污吏，你能将他们都绳之以法吗？”

布兰克继续说道：“你们不也是捡着软柿子捏吗？你看我像软柿子吗？”

晓鹏被说得竟然无言以对。苏瑶也曾经思考过很多次，关于任务、使命、公平、价值，关于对与错，她说：“我是一名捉妖师，大部分捉妖师都是捉拿怪物，而我不一样。害人的怪物、害人的人我都要铲除！我就是要行侠仗义，不管他是谁，不管他有什么背景，我都不会心慈手软！”

苏瑶正要开枪，却发现刚才和她说话的布兰克突然消失不见了，只剩下地面上的死尸还有远处正在燃烧的大火。

突然，有无数道亮光从对面射向了晓鹏和苏瑶，两人的机甲不断出现大大小小的波状涟漪，晓鹏顿时感觉浑身发热，他明白这是机甲在对抗化解能量较高的攻击。两人向前面到处开枪，但是根本看不到对方也无法射中。晓鹏收到了机甲的分析报告，报告显示对方的攻击武器应该是一种高能离子束。

晓鹏和苏瑶试图启动荷电粒子驱动器飞起来，却发现在高能离子束武器的攻击下，启动机甲的荷电粒子驱动器居然失败了。而且更糟糕的是，两个人想跑，却发现维持机甲正常运行的意识网络和各类动能系统也停止了工作，机甲变成了无比沉重的盔甲。晓鹏想动却抬不

起脚来！

很快，对方隐形的队伍改变了进攻策略，将多点射击改为集中单点射击，离子束很快汇集成了两点，射在苏瑶和晓鹏的胸部。晓鹏瞬间感觉奇热难耐，胸前部位被烫得灼痛无比，他大声喊道："姐姐，我快被烤死了，怎么办啊？"

苏瑶的痛感神经已经全部关闭，但是她看到机甲红色预警信息中的高温提示，机甲温度已经达到60℃，这样下去一两分钟就能达到上千度，关闭机甲人体估计会直接被射穿，恐怕骨头都要蒸发了！苏瑶急得像热锅上的蚂蚁，但是她也没有想到更好的办法。苏瑶用尽全力走了两步，挡在了晓鹏前面，像一尊雕塑一样站在那里，一阵阵烤焦的煳味散发出来。

晓鹏急得快要哭出来了，他仿佛能亲眼看到苏瑶的人造肌肉正在被烧融，五脏六腑估计都快要报废了。他用尽全身力气，想冲到对方阵营启动自毁程序，可是失去了动能助力的机甲简直犹如坦克压在身上。

就在这千钧一发之际，突然传来一声枪响，布兰克从一幢建筑的拐角处倒在了地上，脑袋中枪，血很快流了出来。陆陆续续地，高能离子束全部停止了射击，对面不远处，数十个透明机器人也都现了身。大部分机器人身体内冒起了阵阵青烟，“咣当”倒在地面上，有几个快速逃跑了。

一个穿着白大褂、举着手枪的白发老头儿，从躺在地上的布兰克身后的台阶上缓缓走到了楼顶。他站在那里，缓缓地环顾着四周，然后把枪扔在地上，弯着腰慢慢地蹲下，开始抱着头放声痛哭起来。

晓鹏的机甲失去了干扰和影响，逐渐恢复了原来的动力和性能，晓鹏关闭了机甲和头盔，一屁股坐到苏瑶面前，抱着苏瑶的腿泣不成声。苏瑶的机甲也恢复了动力，她打了晓鹏一记耳光：“我又没死，你哭啥！”晓鹏还是坐在地上，说话也说不清，嘴里不知道嘟囔着什么。苏瑶用手轻轻地摸了摸晓鹏的脑袋，说：“好啦好啦，打疼你了。咱们上前去看看发生了什么，好不好？”

两人手拉着手走到白发老头儿那里，老头儿正坐在地上，呆呆地望向远方，苏瑶和晓鹏在他的身边坐下。老头儿并没有理会这两个人，还是专注地看着前方，他的睫毛上沾着泪水，双眼通红，他非常平静地讲述了他和布兰克的故事。

原来白发老头儿是联邦星际资源集团驻锡地罡星球科研考察团的成员，因为受到领导的排挤被开除了，老头儿和女儿本来应该被送回地球提前退休，却又被领导使坏放在了 ARGU 太空城。八年前，ARGU 虽然还没有成为废墟，但那时也是治安很差的罪恶之城。老头儿为了养家糊口，出售锡地罡的一种调味品（类似鸦片），老头儿本来想挣够钱以后买航空票回到地球，但是没想到他被这个布兰克盯上了。

布兰克是个毒品贩子，老头儿前几次见布兰克的时候并不知道他的身份，而且对布兰克也没有戒心。他和布兰克喝酒聊天的时候说自己是个化学家，而且精通各种神经类药物，没想到第二天女儿就被绑架了，而老头儿则被囚禁了起来。布兰克威胁老头儿说只要他能研制出最好的毒品，就可以保证不杀害他女儿，而且保证让他女儿接受最好的教育，上最好的大学。

布兰克囚禁了老头儿八年，这期间老头儿多次要求自由，但是布兰克始终以女儿性命来威胁他。那个钙的成分是老头儿放进去的，这个文字符号也是老头儿写的，老头儿希望有一天有人来这里，将这个地方夷为平地。直到今天苏瑶和晓鹏打开了牢房，他找到了布兰克办公室的密室，老头儿才知道这八年看到的女儿只不过是台假的机器人，而老头儿的女儿早在他被囚禁后的几个月就被杀死了。

老头儿继续说道:“布兰克死了，所有的隐形机器人也就死了，因为它们都是布兰克用大脑控制的。另外，我其实并不老，我的满头白发都是我无数的痛苦、煎熬、抑郁、悲伤造成的。我无数次地自残和自杀，你们看到的我，其实已经不是人了，因为我的心早就死了。苍天有眼，在我还活着的时候让我看到这里被全部捣毁，这对我来说是最欣慰的事情。我研制的毒品害了太多人，我等这一天已经等了八年。我以前是个懦夫，无数次自杀都没死，一方面是为了女儿，另一方面是我贪生怕死。”

说完，老头儿从地上捡起枪来，对着自己的脑袋开了一枪。

苏瑶和晓鹏走到远处的飞行器前，“Z”形的捉妖师标志变小也变得模糊了，他们向四周看了看这个满目疮痍的世界。ARGU 太空城的很多地方弥漫着硝烟，残垣断壁，黑灰色的建筑、大地、工厂，就像是一个没有色彩的世 3 界。人造太阳早就被关闭了，灯塔上很多灯刚才在激战中被打坏了，勉强还能照亮这个世界。屋顶上到处是死去的尸体，一摊摊几乎看不出是红色的血，各种武器装备散落一地。丑陋不堪的机器人还冒着烟，有的已经烧得不成样子。一具白色的身体格外醒目，那里仿佛是另外一个世界，红色的血像是冬天盛开的梅花。

苏瑶和晓鹏登上飞行器。方向舵上的探测仪验证了晓鹏的体征后自动启动待机，晓鹏确认供电，检查燃料供输、抗风气压流体等，基本完毕后，打开起飞面板，打开引擎，输入了目的地。

一架喷着“Z”形标志的特种武装飞行器驶向阿米德无人区的璟谧湖，降落在了湖畔的峡谷里面。

苏瑶和晓鹏回到家中，苏瑶刚走进屋子便昏倒在了地上，晓鹏将苏瑶抱起来，放到工作室的实验台上，用自己的意识一点点卸载苏瑶的机甲。

苏瑶胸部几乎全部被烧焦，有些黑灰色颗粒黏附在机甲上，右侧两根肋骨已经裸露出来，透过肋骨的缝隙可以看到青绿色的肺叶已经停止了起伏。

苏瑶全身沾满了蓝色的血液和黏稠的黄色液体，这些都是苏瑶的皮肤、肌肉和器官被损坏后渗透出来的。

屋顶的机器人管家胖呆呆看到后，用手捂住了眼睛，因为情感刺激过于猛烈，胖呆呆的处理器芯片瞬间凌乱了，暂停了几秒钟后才恢复正常。

苏瑶被放入生化医疗急救舱内，大脑被插入供应氧气、养分、水分等的自动滴定管，大脑与身体的链接被暂时关闭。苏瑶严重受损的区域集中在胸部、腹部和右腿，晓鹏决定最后修复右腿，因为右腿功能模块相对简单一些。

苏瑶的身体是顶尖高科技的结晶，是大量先进材料、技术和智慧堆积的产物。超支化聚合物 EPAs、新型水凝胶、电传递材料、复合薄膜、电陶瓷材料、电脉冲控制器、记忆合金、电化学功能部件、信号编码传导组、类神经网络等复杂的材料和系统举不胜举。材料大都是可编程物质，很多子功能模块都有多个独立的计算机系统，所有这些都被成千上万个程序、数据、算法和软件控制着，她的身体就像是一部无比精密、巧夺天工的仪器。

晓鹏聚精会神地盯着4D全息投影，他选中了一些区域，点击“确认”后，数千万台纳米机器人自动从医疗舱中爬出来，涌向了烧伤的区域，快速地清理、搬运坏死的分子，同时将伤口微观数据形成结构模型图，汇总出包含上万条信息的诊断报告，胖呆呆、超算器和三台电脑对数据和资料进行整理、关联、分析、演算、预判、推导，可能出现的所有过程、路径和结果都被运算出来，晓鹏根据胖呆呆的意见，确定了最终的修复和治疗方案。

苏瑶的肌肉驱动模块以离子型电致动聚合物为主，这是一种能将电能直接转化成机械能的材料，包括导电聚合物、新型碳纳米管复合纤维、离子聚合物凝胶等。

碳纳米管通常是人造肌的主要成分，而苏瑶的人造肌额外包含两种特殊物质，是一种非常难搞的材料，晓鹏把采购苏瑶所需型号材料的信息发布在几个高端科研工作者社区里面。

晓鹏修复了右肺叶破损的部分，肺叶是由快速携氧分子、微循环网络和类聚酯纤维组成的，表层采用连续的碳薄膜作为电极层及力学增强体，用灌注了离子液体的天然聚合物凝胶作为电解质层的电致动

聚合物器件。与其他正常可用的肺叶一样，在两电极层间施加一个交流电场，它就会发生快速的往复摆动，肺叶恢复了呼吸。

出乎意料，晓鹏很快就找到了一些修复苏瑶肌肉所需的特殊型号的新型碳纳米管复合纤维，他欣喜若狂，迅速购买了一些，传送台很快就收到了。

晓鹏将最复杂的构造开发交给超算器，利用数字光 4D 打印方法，将表皮、真皮、皮下组织、皮神经、皮下血管、脂肪等数亿分子的建筑进行空间编程，天文级的大量数学计算由超算器满负荷运行处理，苏瑶身体残缺的部分被一点一点地添补重建起来。

胖呆呆不断给晓鹏提供各种保持身体高效、专注的饮料、食品和药物，并且变身为最符合晓鹏身体力学的吊椅，以减轻晓鹏的劳累。晓鹏把苏瑶的右腿也修复好了，这时距离晓鹏回到家时已经二十个小时过去了，晓鹏累得昏睡了过去。

几个小时后，苏瑶醒来，看到自己躺在医疗舱里面，她想动却无法动弹。

机器人管家胖呆呆讲述了所发生的事情，苏瑶非常感动，同时也想看看自己复原后的身体。一会儿，晓鹏也醒了过来，他看到苏瑶苏醒过来，非常高兴。

苏瑶在胸前托了托问："你帮我安的？"

晓鹏瞬间凌乱，睡意全无，支支吾吾地说："我是用批判的眼光和手法，严守医生的职业道德，怀着对大自然的敬畏感——"

苏瑶："还大自然的敬畏！信不信我打死你！"

晓鹏委屈地低下了头。

苏瑶："给我安装的是多大的，和原来的一样吗？"

晓鹏："嗯，一模一样。"

苏瑶："唉，好吧"

苏瑶停顿了一下，继续说："对了，我要是死了，你会伤心吗？"

"当然会了！你知道最冷的地方是哪里吗？"晓鹏停顿了一下，说，"是没有你的地方。"

苏瑶："你跟谁学的，别瞎贫了。"

苏瑶想了一会儿，说："我觉得，要不等我好了，放你走吧。或者咱们搬到大学附近，过正常人的生活，你找一个小妹妹，我找男机器人或者没有女人要的老教授，咱们也可以经常见面。”

晓鹏想了几秒，心想这样倒也挺好，但又怕被骂，赶紧说道：“不行，不行，我是九，你是三，咱们这是命中注定的！”

苏瑶：“啥意思？”

晓鹏笑着说：“我是九，你是三，除了你还是你。我这辈子只能跟你在一起。”

苏瑶也开心地笑了。苏瑶若有所思，说：“唉，其实谁也不用过分看高自己，这个世界没有谁都会照样转下去的！”

晓鹏没有言语。

苏瑶继续说：“世界上有多少怪物就会有多少捉妖师，世界上有多少不公，就会有多少人来主持正义。”

晓鹏：“嗯，听你的，不打怪兽，没准儿咱们还可以多活几年。”

苏瑶：“唉，晓鹏，你怎么还是这么没主见！你这样，将来会被你老婆欺负蹂躏死的。唉，让我说你什么好呢？改天吧，让你当回老大，你就是咱家的爷，可以说一不二！提前锻炼锻炼。”

晓鹏一边往外走，一边吐了吐舌头，说：“噢，你休养一下，我还是要研究研究机甲，做一下升级。”

第八章　石符

北京，望京，洛河花园，苏若瑶正在画画。她画画的方式要是被几十年前的人看到，肯定会惊掉下巴：没有画板、没有颜料、没有画笔、没有电脑、没有鼠标，她在完全虚拟的数码世界进行创作。她穿着瑜伽鞋站在客厅，戴着多功能眼镜，双手握着 VR 手柄，一个手柄是画笔等工具，另一个手柄是功能板和辅助箱。她沉浸在虚拟的艺术工作室里，点、线、面、体、色、光、影，喷漆、描边、揉捏、打磨、镂空、浮雕、透雕、圆雕……

手张开、握住，图形放大或缩小，有时候她一挥手，作品便开始旋转或者倾斜侧翻，她经常要找最佳的视角，俯瞰、仰视或者平视，还要找到自己最佳的立脚点和下手点，有时甚至要“钻进”作品的空间创作。在空间中创造空间，在雕塑中制作雕塑，这样才能使创作更加迅速和直观。若局部偏离了初衷，或她并不满意，她会激活时间轴，拉缩收放，回滚到之前的场景，或者用擦除工具删除和修改。

她有时站着，有时蹲着，有时坐着，有时弯着腰，有时举着手……她专心地创作，以至于她最爱的咪乐不断用前爪拍打她的腿，她经常都觉察不到。咪乐垂头丧气地坐在地上，眼巴巴地看着它的主人邪魔乱舞却不陪自己玩，很是无奈。咪乐突然有了主意，站起来，猛跑两步，像一头斗牛一样撞向主人的腿，却屡次因主人的抬腿动作扑空。它又折腾了几次，看主人还是没有反应，摸了摸自己被撞疼的脑门，快快地回自己的安乐窝睡觉去了。

深蓝色的天幕下，三轮圆月悬挂当空，像三块浅蓝泛白的圆宝石，一颗流星划过，风声响起，第三个月亮的线条开始变幻弯曲，成了一只鸟的形状。幻变的鸟，迷离的动作，轻舞的线条，淹没在清澈的泉水中……

苏若瑶用画笔在右下角的蓝幕上，轻轻地写了“月月鸟”三个字，然后退了出来。她在一个电脑屏幕前，选择“制作”——“样板”，“时间阀”——“随机”，“雕塑”——“3D 打印”，完成一系列步骤，设定好参数后，她冲了杯速溶咖啡喝了起来。

她走到另外一间屋子，一件亮闪闪的雕塑已经被制作出来。她把作品端起来放在操作台上，操作台摆得满满的，很多大鸟形态材质各异，有的有“鹏”的文字。操作台的一角还有一个戴着大黑框眼镜、穿着白 T 恤和牛仔短裤的男生站在沙滩上的雕塑，这个雕塑足足有一米来高。

这个时候，视频电话打了过来，是何小鹏打的。苏若瑶点击切换到语音通话，然后接听。

“瑶瑶，你在干什么？”

“什么也没干。”

“噢，什么也没干是干什么，发呆吗？”

“没有，我刚才在画画。”

“噢，让我看看你的作品吧，让我看看嘛！”

苏若瑶避开了“月月鸟”的签字，拍了张新作品的照片给何小鹏发了过去。

“啧啧，厉害，我看到了宁静和诗意，有古典式的雅致，又包含当代的洗练，具有诗歌般的意境，幽深唯美又引人入胜。意象真的很丰富，但是情感又那么简单炽烈，体现了东方文化的博大精深。”

苏若瑶笑了笑。

“我说得对吗？”

“对你个大头鬼啊！”

“噢，好吧。我经常看你的作品，很希望像评论家一样描绘和形容那种感受，可我的语文水平不争气。”

“表达的是思念、是柔情。你有事儿吗？没事儿我就挂了啊。”

“别啊，咱们去黄果树瀑布吧？黄果树瀑布，你没去过吧？”

“还真没去过。这个景区只出现在书本中与电视剧中，听说是《西游记》的取景地。”

苏若瑶进入游戏仓，穿戴好装备，进入了元世界。何小鹏买了两张门票，虚拟门票是实际门票价格的十分之一。晓鹏正站在景区大门口等着，两块巨石矗立在门侧，标示着“国家 AAAAA 级景区”“国家级风景名胜区”。偶尔有游客进园，还有带着宠物的、骑着恐龙的游客。

一个女子像蝴蝶一样轻盈地落在地面，裙摆和长发轻舞飞扬，漫天飞起粉红色的花瓣。女人精致的小脸未沾脂粉，却依然泛着醉人的微红，皮肤白皙细腻，颊间微微泛起一对梨涡。她鼻梁很高，黄色的长发，妩媚迷人的丹凤眼在眼波流转之间光华尽显。一袭浅绿色长裙上绣着朵朵满天星，似绿叶上开满了白莲。

晓鹏揉了揉眼睛，是有仙女坠落人间，还是游戏中的角色呢？很有仙气，就像童话世界里的精灵女王。看到女子朝自己走来，他试着问道：“苏瑶？”

“嗯。你喜欢我这样子吗？”

“喜欢，当然喜欢！这是你现实中本来的样子吗？”看到苏瑶点头，晓鹏高兴得脸上乐开了花。他向前走了一大步，双手张开，又停在了那里，问：“我可以抱你吗？”

苏瑶没有说话，拿出一个黑框眼镜戴上了。她拉着晓鹏的手，向验票口走去。

苏瑶：“你以前是不是担心我长得很丑。”

“没有，我相信你肯定是个大美女，我坚信。”

“我不信。”

“真的，真的，我从来没有丝毫的犹豫和动摇。就像我相信太阳每天一定会升起来一样。”晓鹏说。

“哼，你越来越嘴贫了，我怀疑你是不是个海王，你跟那些每天广撒网钓鱼的男人没什么区别。”苏瑶说完，自己快步向前走去。

晓鹏愣在原地，两三秒后，快走两步追了上去，挡在苏瑶面前。

“苏瑶，你怎么能这么说我啊，亏我对你——我真不是那样的人。”

“苏瑶，我是不是经常和你视频，你从来不见我，这说明我很坦荡啊！我每天二十四小时给你直播我的生活。我每天的生活是什么样的，你应该很清楚啊！”

“得——得，我给你看我的所有活动记录，你要是不看你是小狗啊！”晓鹏气鼓鼓的，说得有点激动了，他在空中连续拍手两次，出现了系统操作界面。

“这是我在元世界的轨迹，是最近两三年的，你随便看，以前我确实交过一个女朋友，就是最简单的那种交往，我跟你汇报过这个情况。”

“这是我的现实生活，我的生活、出行、工作、消费记录，苏瑶你仔细看看啊，你不能不看啊！”

苏瑶盯着晓鹏看了一会儿，说：“好吧，我相信你。其实，我这个人毛病很多的，身材也没那么好，你看我胸其实并不大，只能算刚刚正常吧。”苏瑶收了收衣服，侧身给晓鹏看了看，然后有点害羞，向前走了一步。

晓鹏追了上去，两个手按着苏瑶的肩膀，很坚定地说：“苏瑶，这辈子你就是我的女人。我相信感觉，也相信命运，其实咱们已经经历了那么多了，你就是我的一部分。其实我是最普通的那种人，小小的维修工，能遇上你已经是我们家祖上烧高香了。真的，我发誓！”

“好了好了，不说这些了，还没开始旅游呢。换个话题。”

“你知道为什么现在越来越多的人选择数字旅行吗？”

“因为很方便啊。”

“对，不管是去泰山、黄山还是泰姬陵、凯旋门、金字塔，说走就走，还很好玩，还能像咱们这样结伴出行。其实，数字出行可以减少对自然环境的污染。”

“噢。”

“现在人们实际外出越来越少了，大自然被保护得越来越好，污染也越来越少了。”

“噢，挺有意思的，其实我有时在想，这到底是人类的进步还是退步呢？”

“哈哈，我就喜欢你这种忧国忧民、有正义感，而且能降妖打怪的姐姐。”

“打游戏厉害的美女多的是，嘿——你是不是因为我打游戏好才和我在一起的啊？”

“当然不是了！”

“不行，你过来看着我说。”

他们选择走小路，一路上鸟语花香，路宽的地方两个人并排走着，路窄时，他们一前一后。两个人有说有笑，时不时发出欢快的笑声。

苏瑶：“这个地方徐霞客曾经来过。”

晓鹏：“徐霞客去过很多地方。小导，徐霞客来过这里吗？”

一个穿着贵州少数民族服饰的虚拟导演出现在前上方：“黄果树瀑布出名始于明代旅行家徐霞客，经过历代名人的游历、传播，成为知名景点。徐霞客游历贵州，途经黄果树瀑布时，曾对黄果树瀑布作了这样的描写——余恨不一当其境，心犹谦谦。随流半里，有巨石桥架水上，是为白虹桥。其桥南北横跨，下辟三门，而水流甚阔。每数丈，辄从溪底翻崖喷雪，满溪皆如白鹭群飞……”

晓鹏和苏瑶一边走一边聊天，时不时问几个问题，随他们一路前行的虚拟导游都一一做出了详细的讲解。

“还没见到真容，就听到气势磅礴的水声，不愧被冠以‘亚洲第一瀑布’的美称。”

“‘訇訇声闻十里外’，名不虚传。”

“对啊，我已经感觉到水汽了。”

晓鹏：“小导，给我们多拍照、多录视频。不同场景、不同表情、不同动作的拍下来，不用美颜，滤镜可以选择自然柔和的，我们瑶瑶这么漂亮，不需要美颜。总之，记录下我们的美好时光。”

小导：“好嘞，我会开启智能拍摄服务，不过这项服务是单独收费的，需要我给你念一下套餐价格吗？”

苏瑶：“咱们不是可以自己拍照吗，咱们也有拍照模式。”

晓鹏：“不用，这个没多贵，我看最贵的套餐也就一百八十八个金币，智能无限拍，赠送电子数码相框，快递到家，还赠送咱们头像的钥匙扣和马克杯。视频和照片给咱们保存一年，咱们喜欢的都可以下载下来。”

两人站在 5 号观景台上。

苏瑶：“哇，好美啊！”

晓鹏:“据说门票的图案就是在 5 号观景台拍摄的。”

“要是这个时候上天再赐予我们一道彩虹就完美啦，可惜今天艳阳高照。”

“这个可以有，”晓鹏说,“我们现在是在虚拟世界，有好多种玩法，我现在找找。”

一条彩虹出现在碧蓝的天空，横跨在大瀑布上空，赤、橙、黄、绿、青、蓝、紫，各种颜色交织在一起相映生辉，像一座金桥，气势雄伟。

“这简直像童话中的世界一样美丽！”苏瑶拉着晓鹏的手高兴地跳了起来。

晓鹏看着面前开心的女生，感觉洋溢在这个世界的不仅有水、雾、

虹，还有幸福！他突然想起了什么，冲虚拟导演喊了一句，瞬间一个透明球出现在两人上空。

“咱们乘坐这个气泡球，可以进入到水汽中，还可以穿越水帘洞。”

“怎么进去呢？”苏瑶问道。晓鹏刚要回答，两人已经跌落在气泡球内，晓鹏拉起苏瑶，两个人并排坐好。气球缓缓升空，他们看到刚才的瀑布一下子放大了很多倍，而他们正在朝向瀑布飞去。

水汽包裹了气泡球，他们的视野模糊了，很快细雨飘落，雾化的球壁变得斑驳透亮，银帘垂空，飞花碎玉，明珠四溅，阳光照射在水帘上，似有千道金光，闪烁炫目。但是很快就“下起了大雨”，天河倾泻，响如雷霆，声势浩荡，气泡球剧烈颠簸、摇摇欲坠。他们很快就被冲出了瀑布，被洗过的气泡球变得透亮无比，外面黑褐的山岩、鲜绿的树叶、红艳的小花看起来是那么清新明亮。气泡球突然失去重力，向高空飞去，他们从彩虹的拱门穿过，置身于色彩斑斓的世界，仿佛自己已经融化其中。

虚拟导游早已隐身，只剩下智能拍摄软件操纵着几十个摄像头朝不同的方向疯狂拍摄。两个人在球内东倒西歪、跌跌撞撞，早已经抱在一起。气泡球忽然开始垂直落下，飞向洞口，那里就是举世闻名的水帘洞，水帘洞的洞口很小。他们惊叫着，当他们马上就要撞到山洞的时候，洞口突然变大了，他们进入了水帘洞……

苏若瑶摘下眼镜挂在墙上，晃了晃脑袋，用手捋了捋被压平了的金黄色的长发，她拍了下墙上的开关，仓顶与四周的摄像头和灯光组成的密集矩阵便消失不见了。她躺在运动毯上，长舒了口气：“唉，太累了！”

然后她又开始自言自语：“鹏，小鹏，大鹏，月月鸟，唉，这个傻小子！”苏若瑶雪白的脸上泛起了红晕，那是彩虹的颜色，那也是幸福的颜色。

之前打击蓝色魅姖贩毒集团，苏瑶受了重伤，全身多个部位损坏或者被毁掉，苏瑶是合体人，只有最核心的部位——大脑完好无损。还好有科学家、发明家——同时也是爱人的晓鹏，晓鹏将苏瑶全部修复了，更换了很多零部件。机器人管家胖呆呆帮苏瑶恢复了大脑对身体的连接和控制，还帮助苏瑶适应了新的身体部件，苏瑶陆陆续续进行了各种康复训练，晓鹏给予苏瑶无微不至的关心和照顾。

苏瑶正在进行格斗训练，晓鹏匆匆忙忙跑了过来。

晓鹏："出大事儿了，咱们被悬赏了。布兰克临死前，把咱们两个挂到黑市悬赏榜了，悬赏价是一百八十亿。"

"多少？一百八十——亿？"

"嗯，这是布兰克的全部财富，他无儿无女，而且咱们把他的毒品集团捣毁了，他要报这个仇，要咱们的脑袋。他还定了规则，规则是这样的：应征者互相投票，最有实力最可能杀死咱们的获得第一个行动权，第一个行动者如果失败了，剩下的杀手继续投票，直到把咱们杀死为止！"

"那咱们确实处境危险！"

"是的，你知道第一个应征并且成功的是谁吗？你师父石符的《石狱社》。他为了赢得第一个行动权质押了五十亿，如果他杀了咱们，他就能得到一百八十亿，可是如果他被咱们杀了，他这五十亿就会全部进入赏金池，就是说到时候赏金就成了二百三十亿。"

"我一直想去找他报仇，没想到他还敢找我！他以为我还是《石狭社》的那个小姑娘吗？我才不怕他呢，我正要和他打个鱼死网破。主要是你，你可以早做打算，看看怎么能躲过这场劫难。”

“你说什么呢？我当然要和你在一起，咱们要并肩作战，要死也要死在一起。”

苏瑶看了看，拍了拍晓鹏的肩膀，问：“你说，咱们两个有这么值钱吗？”

“对啊，我也觉得不值。可是咱们真的已经打破了元世界黑市悬赏的最高纪录，而且是远远打破！以前也有人在黑市悬赏通缉，几百万、几千万的赏金都有，可是针对咱俩的赏金是一百八十亿！我的天啊！”

“那咱们岂不是随时都可能会被攻击吗？”

“倒也不会，我很早就注重网络安全防范了。咱们执行任务时大多数都做了掩护，机甲和样貌都是普通大众的样子。咱们的各种数据通信，外界能查到的都是高强度加密的。咱们捉妖师协会的身份，还有平时登记的信息，我都做了伪装，并不是咱们真实的信息。就算是网络高手，找咱们也需要费些周折。”

“我觉得最重要的是咱们要积极备战！”

“嗯，积极备战！”

“嗯，复仇，把石符干掉！”

现在的机甲已经是晓鹏研制的第三代机甲了。第三代机甲都是锇波拉超级金属制成的，银色是超级金属的本色。苏瑶偏爱粉色，有些浅粉色豹纹装饰，背部“Z”形捉妖师的标识，增加了一把刺向上方的紫色的剑作为个性化设计。晓鹏机甲的背部、胸部和膝盖处有些很随意的蓝色条纹。机甲可以“融化”分解为纳米级的金属小颗粒钻入体内，一般依附在骨骼或分散在皮肤表层。机甲披挂时可以随意组合形态，比如全身穿戴或泳衣式穿戴，头盔也可以自由变换，有时可简化为多功能眼镜。

肉眼无法看到的超级金属颗粒遍布全身每个毛孔，可以感知并且预测攻击的到来。在任何危险出现前机甲都会瞬间组装起来形成贴身的银色机甲，机甲可以对抗几乎所有常见的武器，比如利刃、子弹、激光、电磁枪等。机甲可以避免身体受到物理、化学、生物的各种伤害，可以将身体隔离在封闭的空间以避免毒气、强酸、病毒等进入身体。机甲还装备了很多常用武器和设备，比如激光枪、电磁枪、萨雷克核弧爆、洛仑兹电磁炮、咔纳金战刀、纳米超能粘网、白磷烟幕弹、超强闪电劈、冲锋枪等；有的需要外挂来实现，外挂装甲无法融入身体，会留在身体外部。

机甲拥有无比复杂的软硬件系统，包括能源系统、传动系统、骨架系统、装甲系统、武器系统、插件系统、感知系统、总控系统、操控系统、维生系统等。所有这些都由机甲操作系统 MER-OS 整体统筹、调度、控制、实施，比如存弹量或冷却时间的计算，比如非感官类和感官类的探测器显示，再比如机体自检、损毁、报错，或者其他的程序以及小插件应用。

机甲腹部有一个微型核裂变反应堆，为机甲提供重要能量来源，机甲还吸收周遭的能源如热量、光能与动能，并可转化成电力或能量，电力或能量可以被储存起来转化为装甲能量。机甲还配备有荷电粒子驱动器，该种动能几乎可以无限获得，是苏瑶经常使用的动力。量子计算、微芯片、超级智能、神经网络、脑联网、IOT 物联网、先进材料、区块链等很多先进技术、前沿科技被应用和实现。

整体来说，晓鹏的机甲已经是元宇宙的神器，但是也逐渐暴露出了一些问题，比如曾经被章鱼怪的黑刺几乎穿透，还有就是在遭受极

强的高能离子束的时候温度过高，当然还有些其他的晓鹏日常发现和想到的问题。晓鹏做了些实验，市面上能买到的一般的电磁枪、激光枪这些武器，即便是把功率放大几倍、几十倍都没关系，但遇到特殊装置超大功率的光、波、磁的时候机甲会溃不成军，晓鹏根据对抗各种武器的不同原理进行了相应的对抗升级。

章鱼怪是一种外星球的智慧生命，晓鹏后来返回章鱼怪被炸死现场搜集过数千根残留的黑刺，黑刺的成分并不属于地球元素，晓鹏将其命名为“刺”，并将刺用在特殊场合。刺绝对是坚硬无比，可以刺穿人类几乎所有已知材料；当被刺物足够坚硬的时候（晓鹏初步试验结果莫氏硬度约为 9）——比如金属铬被刺刺穿后，刺将自动融化铬和所有能接触到的物体，如果人体接触到刺融化物将会瞬间被烧得连灰烬都找不到。

晓鹏将章鱼怪的黑刺——刺做成外挂武器，刺匕首、刺镖，都是些携带方便且杀伤性极强的微型武器，被放置在战靴、腰带上的兵器暗褂里。晓鹏下一步的目标是将收集到的透明粉末研究一下，想给机甲增加透明隐形的功能。一般来说，针对物体的隐形技术并不难，但是如果遇到专业侦察设备就很容易被破解。如果想把人完全隐形，还需要克服红外辐射和对应的红外热成像技术等，人的呼吸、身体的运动、气流的变化、人佩戴设备时的辐射、人体发出的声音等都会成为人完全隐形的壁垒和障碍。要想让机甲完美隐形所面临的困难更多。

一天下午，苏瑶正在房间练功，实在困乏的晓鹏从实验室想回房间稍微休息一会儿。刚躺下不久，晓鹏就听到警报声响起，这是炮弹来袭的预警声，苏瑶也听到了预警声。虽然红色的预警屏幕上并没有分析出这是什么型号的炮弹，但是给出的杀伤力预判是七颗星，十颗星则是轻型核武器级别，相当恐怖！必须马上应对！两人各自拍下按钮，启动了两张床通向避难室的机关暗道。

阿米德无人区的璟谧湖湖畔，一声巨大的爆炸声响起，瞬间地动山摇，仿佛大地震一样。峡谷瞬间成为圆形的盆地，一朵巨大的蘑菇云腾空而起，泥石如雨点般从空中纷纷跌落下来。璟谧湖掀起了数米高的波浪，翻滚着扑向远方。十几分钟后，一大一小两架全副武装的飞行器降落在了烟雾弥漫、火光四起的峡谷内。

很快，一队人从较小的飞行器上下来，用生命体征探测器到处搜寻，几分钟后又有两队人下来，总共三四十人的搜寻队伍在方圆一两千米的爆炸区域到处搜索。他们都戴着头盔，穿着防弹战服，不一会儿就有队员发现了一个圆形的隧道，这个地方有微弱的生命迹象，大家循着信号凑了过来。只听得“咚咚”两声，两个人像发射两个火箭一样从旁边的地面上射了出来，苏瑶从空中抛出两张纳米超能网投向地面的人群，除了几个跑了的剩下的都被两张网牢牢粘住了，而且随着网自动收缩，都被牢牢地捆住了。苏瑶使出超强闪电劈，晓鹏使用洛仑兹电磁炮，两张网里面的人瞬间被烤焦了。

可就在这时，另一艘大的飞行器射出的激光炮射中了晓鹏，晓鹏掉落在山上，苏瑶则不断闪躲。苏瑶注意到正在开炮的这艘大的飞行器不像是一艘普通的飞行器，而是一艘太空级轻型战略驱逐舰。晓鹏躺在地上，全身冒汗，身上“滋滋”冒着白气。虽然机甲已经升级，但是对于太空武器来说，晓鹏的机甲还真是不值一提。晓鹏感觉热得浑身快要燃烧起来，机甲快速闪着蓝色的波纹涟漪。瞬间，晓鹏收到预警又有一束激光炮打过来了，吓得赶紧躲藏、逃跑。

苏瑶像是灵巧的燕子在天空中到处闪躲，激光炮像一道道直线闪电，粉银色的身影在空中上下翻腾、忽高忽低，像是轻盈跃动的音符。忽然，激光炮加快了射击的速度和频率，一道道激光密集发射过来，苏瑶也被击中了，掉落在了地上。好在击中持续了极短的时间，她赶紧到处躲避射击。可是激光炮像影子一样跟着她，她所到之处都轰然爆炸一片狼藉，有的坍塌了，有的山石被射出几米深的大洞。苏瑶急了，启动了核能装置，像一截炮弹一样冲向旁边一艘小的飞行器，激光炮来不及停下来，瞬间就把旁边的小飞行器炸毁了，旁边小飞行器里面的几十人立刻被炸死炸飞。

熊熊大火燃烧起来，苏瑶从火焰中跳到地面，战略驱逐舰的激光炮又朝这个方向打来，继续巧妙地躲闪。随后，苏瑶再次启动核能装置冲着驱逐舰的玻璃飞过去，不料她撞到玻璃上后却被摔翻在地，玻璃只是出现了一个小白点。苏瑶被撞得满眼星星，她骂了一句，摸着脑袋从地上爬起来。苏瑶发现驱逐舰的一个弹舱是开着的，弯着腰钻了进去，里面阴暗狭窄，苏瑶沿着一人来宽的孔洞向前走去。

苏瑶听到一阵阵时有时无的“嗡嘤”声，她的瞳孔不断地收缩和扩大，她的视力模糊了一两秒后又变得清晰了。前面有柔和的灯光，她继续往前走，蹲下来，然后上半身贴在屋子的地面上静静地观察。屋内有两个人，一个小女孩和一个中年妇女，妇女正在和小女孩交谈，但是苏瑶听不清她们在说什么。妇女浑身散发着金黄色的光芒，脸上充满着仿佛春天阳光般的慈祥、爱和温柔。这个小女孩长着绿色的头发，捧着一本书，撅着粉嘟嘟的小嘴，问了一个问题，妇女一只手抚摸着女孩的脑袋，一边很有耐心地给她讲解着。小女孩有时会追问，有时会点点头，满脸充满童真。苏瑶瞬间感觉全身像是过电一样，她贪婪地呼吸着屋子里到处弥漫着的爱的空气。

苏瑶感觉这个妇女仿佛在哪儿见过，那么熟悉，极其亲切，如此贴心，但是这是谁呢？苏瑶突然大惊，这不就是我的妈妈吗？她犹豫了两三秒，忍不住放声大哭，快速爬着上前。

妇女看到她，并没有一丝诧异，轻轻地说：“苏瑶，过来啊，你刚才跑到哪儿去了？”

妈妈就在那里，她真是我魂牵梦萦的妈妈啊！苏瑶冲过去跪在妈妈面前，全身变得酥软，像是要瘫痪了一样双手紧紧扒着妈妈的大腿，她想全身心地感受到母亲，她想感受母亲的温度、气味、肌肤触碰的感觉。

苏瑶已经无法控制自己的情感、身体和意识，泪水如开闸的洪水一样奔涌而出。苏瑶全身的机甲一点点被抑制关闭，机甲颗粒有的收缩进入了皮肤；有的汇集成点，像是银色的滚珠“噼里啪啦”掉在地上，银珠四散开去。苏瑶的头盔也开始融化，一颗颗细小的银珠伴随着晶莹剔透的泪珠“滴答滴答”掉落下来。

苏瑶脸贴在妈妈的膝盖上，妈妈用柔软洁白的手抚摸着苏瑶的头。

苏瑶哭着问：“妈妈，这么多年，你去哪里了？为什么现在才出现？”

中年妇女：“傻孩子，我的瑶，妈妈一直在你身边，只不过你看不到我！”

苏瑶委屈地说：“刚才那个女孩是谁，为什么你不陪我却陪她？”

中年妇女：“傻孩子，那是你小时候啊。你怎么不记得你小时候的样子啦？”

苏瑶刚才悬着的心终于平复了下来，她闭上了眼睛，她想让时间在这一刻停下来。她不想再当什么捉妖师，不需要别人的认可和赞许，她只想做妈妈的好女儿，一直这样安安静静地待下去。

突然，她觉得自己的大脑开始剧烈地疼痛，她分明感觉到一把尖刀刺进了自己的脑袋。她本能地想躲避、反抗和挣扎，可是她的反应速度变得缓慢迟钝，她的潜意识告诉她，她宁愿这样死去。

苏瑶想起了自己的机甲，她问自己：我的机甲呢？我的机甲不是可以保护我免受侵害吗？

苏瑶提醒自己：这样下去我会死的，我怎么可以不反抗呢？

但一个声音回答：可是我宁愿这样死去！

苏瑶问：我真的被刺了吗？

一个声音说：那可能只是我的幻觉罢了。

苏瑶的思维变得混乱，居然突然停止、凝固了。

晓鹏被打得到处乱窜，机甲虽然强悍，但毕竟那只是单兵作战用的武器，不管是力度还是功率，根本没法和一个太空级的驱逐舰相提并论。完全不是一个档次的！晓鹏不断地向太空飞行器回击，向驱逐舰发射激光炮、电磁炮、核弧爆等，可这些攻击最多只是让太空驱逐舰轻微震荡或者表层被炸坏。晓鹏在盆地与两山之间到处上蹿下跳，他收到了苏瑶机甲多次危险警报，却不能停下来查看和处理。晓鹏实在被打急了，以最快的速度飞向驱逐舰，钻到了驱逐舰与地面的空隙中，追着他打的激光炮瞬间停了下来。

他打开机甲系统界面，晓鹏看到苏瑶受伤严重，一个细窄的尖器几乎快要刺穿苏瑶的整个头部，万幸的是苏瑶的大脑只有边缘轻微受损，但如果不及时处理仍然会致命！晓鹏还发现苏瑶的意识开始模糊，苏瑶由意识控制的机甲居然有局部解体现象，苏瑶的身体多个部位失去了防护。在这岌岌可危之际，晓鹏强行操控机甲快速组装恢复了对苏瑶的全身保护。机甲在恢复的瞬间扫描了苏瑶大脑的异物，强行将硬物排斥出来，并且机甲颗粒自动填充进了苏瑶的伤口。

一颗子弹瞬间变成铜饼弹落在地上，苏瑶的妈妈瞬间恢复了原形，成为身穿黑色日本武士服、手里持枪的男子，原来刚才的中年妇女是大师兄黑石幻化而成的。

黑石："哈哈，苏瑶，你真的好傻好天真啊，你怎么这么好骗啊！"

苏瑶的脑意识还停留在刚才的场景之中，她虽然被刺了，但是她并没有醒来，她不愿意醒来。她还是像刚才那样趴在地上，连头都不愿意抬起来，她委屈地啜泣："妈妈，我的头好疼，刚才有人刺中了我的头部，为什么你没有保护我呢？"

大师兄黑石哈哈大笑，他想冲上去猛踢苏瑶几脚，但是他停了下来，他想看会儿好戏。曾几何时，不管他多么努力、多么优秀，都无法打败苏瑶，这么多年过去了还是有众多师兄弟们将苏瑶视为《石狱

社》的第一高手。

黑石今天想看看苏瑶的惨状，苏瑶越惨，他越高兴，他现在有一种飘飘欲仙的满足感。

苏瑶仍然向前爬着，啜泣着、哭喊着：“妈妈，你的脚呢，我为什么看不到你的脚呢？”苏瑶头盔的多功能眼镜已经模糊，布满了泪水。

这时候，刚才幻化成小女孩的一个绿头发的女人过来搀扶苏瑶，大师兄黑石举起枪来，朝着绿发女人的头部开了一枪，女人应声倒下。女人的脸正好摔在苏瑶的脸庞前，她用一双大大黑黑、水汪汪的眼睛看着苏瑶，苏瑶也看着那双眼睛。

黑石骂骂咧咧：“要不是老家伙非要克隆你的大脑，这种事情打死我我也不干！我恨不得所有与‘苏瑶’两个字相关的东西，都从这个世界上统统消失！”

晓鹏从外面快步走进来，看到苏瑶在地上躺着，气得眼睛都红了，举枪便射。黑石的机甲瞬间自动组装穿戴，胸部的无头猴标志醒目且刺眼。黑石和晓鹏马上火拼起来，两人对打了几分钟后都停了下来。

黑石：“你就是苏瑶的小恋人吧？就是你购买苏瑶型号的碳纳米零件，是吧？本来师父想从复制的大脑中寻找线索，可是数据全部错乱，感谢你让我们找到了苏瑶的老窝！一对苦命的鸳鸯啊！哈哈，今天我就让你们死在一起！”

晓鹏恍然大悟，上次接收碳纳米零件的地址忘了加密，很容易找到。

黑石轻轻地鼓掌，继续说：“你以为运气好，那么容易找到了特殊的碳纳米零件？是我让义体制造商卖给你的！还有，你以为世界上只有你会做机甲吗？你能做到的那些，我们的机甲都能做到！”

黑石面露凶相，恶狠狠地说：“待会儿咱们继续打，看看谁的机甲才是最强机甲。有可能是你的，但更可能是我的！”

晓鹏平静地说：“那就试试吧！”晓鹏一边说着一边拔出一把手枪，向黑石射了过去。

“哈哈，就这种枪，你还想——”黑石感觉不对劲儿，赶紧用手捂住了肚子。

“对的，这种东西，你的装甲肯定挡不住的！”晓鹏举着两根黑色的刺，继续说，“我拔枪之前取了十根这个东西，开枪之前就已经塞进了枪管。”

“这是什么？”话还没说完，黑石腹部的机甲便一点点融化了，黑石机甲的头盔里面冒起了浓烈的白烟，紧接着空的机甲掉落在地上。

苏瑶现在彻底清醒了，她看着躺在地上的和自己面容相像的女人的眼睛和嘴中流出的蓝血，“嗖”地从地上鲤鱼打挺般站了起来，举着枪四面寻找敌人。她看清周围场景后逐渐明白了发生了什么事，缓缓地把枪放下。

晓鹏想走到苏瑶身边却突然发现她像是置身于水中，肩膀周围出现了数圈透明的旋涡。晓鹏刚想做出反应，整个人已经瞬间消失不见了。苏瑶感觉自己周围有异常的动静，旋涡状的物体或透明物质正在形成，她纵身跳起，翻了个跟头落在远处的地面上。苏瑶发现晓鹏不见了，大声呼喊，旋涡状的东西很快向她猛扑了过来。苏瑶在屋子内到处闪躲，飞檐走壁，她注意到这种旋涡状的物质（也可能是液体）所到之处，所有能动的东西瞬间都化为乌有，刚才黑石坐的椅子还有地上的书眨眼间都消失了。苏瑶看到一扇门是虚掩的，心想晓鹏肯定是出去了，她用力跳到门前，拉开大门逃了出去，然后迅速把门关上。

苏瑶刚锁上门，一道高能离子束便朝苏瑶背部的“Z”形标志射了过来，刚进入的这间屋子也暗藏杀机。还好离子束对机甲并不能构成威胁，苏瑶回头看到胸前有一个无头猴标志的黄色的机甲正走过来。苏瑶使用洛仑兹电磁炮射击，对方也没有闪躲，对方机甲黑色的装饰条纹颜色变浅了几秒钟后又恢复了正常。黄色机甲抬起胳膊射出一个鸡蛋大小的高亮的闪电球，可球状闪电向苏瑶直冲而去，苏瑶集中意念控制加强机甲的高能防护力，球状闪电穿过苏瑶后，屋顶瞬间出现了一个大洞，“叮里当啷”，屋顶的管道、仪器、钢板纷纷跌落。

黄色机甲一记重拳打了过来，苏瑶转身用胳膊肘迎击，只听到“当啷”的碰撞声响起，火花四溅，后退了几步。紧接着苏瑶腾空而起，用连环腿踢向对方头部，黄色机甲用双臂护头，后退了几步。苏瑶用胳膊变出咔纳金战刀一招泰山压顶劈砍下去，其势方急，刀锋卷着肃杀之气；黄色机甲腕臂抱桃，五轮冲仙，钛玦剑长啸腾起，势能冲天；瞬间极光熠爆，屋子震荡了两下！

黄色机甲和苏瑶都踉跄了几下，勉强站住。苏瑶突然想起晓鹏刚制作的武器——刺匕首、刺镖，她把手伸进腰部的暗褂。就在这时，黄机甲收了起来，一个穿着条纹西装、戴着眼镜的男人出现在她的面前，他头发花白、面露笑容。苏瑶一眼就认出，这就是石符，她的师父。

石符："苏瑶，你还记得我吧？这么多年过去了，你还是那么争强好胜啊！"

苏瑶恨不得千刀万剐师父的满腔愤怒，现在居然又变得迟钝了，苏瑶收起了机甲，什么也没说。

石符怒目而视，说道："叛逃师门，欺师灭祖，这就是你！你知道你的行为给我的社院造成了多大的混乱和损失吗？亏我一直把你当成我最爱的学生！"

苏瑶站在那里，各种复杂的心情同时涌上心头，但她仍然没有说话，苏瑶的手从腰部的暗褂中收了回来。

石符："你还记得第一节课我教你的是什么吗？"

苏瑶摇了摇头。但她转念一想，我绝对不能被这个十恶不赦的人欺骗！她提醒自己，此时绝对不能再做个善良的人，面对恶人的时候，善良就是无用的代称。她恨恨地盯着石符，不动也不说话。

石符："苏瑶你过来，对了，你的机甲和我们的机甲旗鼓相当，彼此伤害不了对方的。"

苏瑶往前走了两步，灯光昏暗，她猛地发现自己已经置身于刚才旋涡状的物质之中，本想用尽全力挣脱，却突然被吸了进去。还没等苏瑶反应过来，她瞬间便被困在一个盛满胶状液体的大罐子里面。罐子是竖放的，有一人来高，刚才苏瑶的机甲已经自动进入战斗状态，但她却发现不管用什么方式驱动，机甲都一动不动，完全失去了控制。苏瑶用余光看到，晓鹏就在旁边的罐子内。苏瑶喊晓鹏，晓鹏也一直在喊苏瑶，但她只能听到断断续续、非常模糊的头盔的通信声音。

这时，石符走过来，笑呵呵地说："苏瑶啊，你还是那么幼稚，还

是那么容易被哄骗，这次你休想活着从这里跑出去！罐子里面的透明液体就是专门为了制伏机甲设计的。哈，看在你快死了的份上。我让你清醒一回，做一次明白人吧。”

石符：“你知道你的父母是怎么死的吗？是被我杀死的！你以为我去哪儿找那么多放弃治疗的小孩？我去抢走你的时候，你父亲和我动手，被我一枪打死了。你母亲拼命抱着我的腿，拼命地喊‘快跑——快跑——’，我打了三枪她还在喊。”

石符的声音从罐子顶部的对讲机中播放出来，苏瑶听得清清楚楚，她被气得怒发冲冠、七窍生烟。她用尽全力，可全身却仍一动不动，她下达了核爆指令，但启动程序进行到一半却自动终止了。

石符：“还有，你知道你本来是有身体的吗？是我把你的脑袋从脖子上切割下来，又给你安装上义体。你现在的身体多好，你知道你这个身体是我花多少钱打造的吗？如果不是现在的身体你会这么能打吗？力量如此强大，速度如此之快！唉，只可惜你完全不懂得感恩，不争气，不让我省心。

“对了，你知道我为什么要杀你吗？因为蓝色魅矩。布兰克临死的时候发布了对你的悬赏。我是个商人，你知道杀了你和你的搭档，我能挣多少钱吗？一百八十亿！换作你，难道你不动心？”

苏瑶气得浑身乱颤，她试着启动机甲的自毁功能，想和石符同归于尽，可是启动程序进行到一半时又自动终止了。

这时候，两个巨大的机械手抓住两个罐子，缓缓地抬起来，机械手不远处有两个传送器，目标已经被设定为月球城人造太阳，人造太阳的温度高达十几亿度，可以将任何宇宙物体瞬间气化。

晓鹏一直在讲话，声音断断续续，而且伴随着“刺啦刺啦”的响声，苏瑶一句也听不清楚。

苏瑶忽然觉得头盔两眉之间正在剧烈升温，她不由自主地闭上了双眼，进入一片漆黑的世界。正前方60°角线处有一个铁锈色的红环，红环飘忽不定，像是抖动的重影一样，有时暗到快要消失了，有时又会突然亮起来。

苏瑶终于明白刚才晓鹏一直在重复的词是“红圈”，苏瑶聚精会神，红环不再晃动，像是牢牢地被钉在了天空。苏瑶听到晓鹏喊“射”，红环的中间出现了一个绿色的十字标识，苏瑶怒火中烧，全部精神集中在十字标识正中间的点上，怀着无比的仇恨，一百六十亿个脑细胞瞬间形成定向能武器，一道弧光射进了红环，弧光经过红环放大后猛烈地射击。

黄色机甲轰然倒下，额头出现了一粒蚕豆大的洞，瞬间被血填满。脑洞中流出的血液汇集成流，穿过黄色和黑色的纹理，“滴答滴答”掉落在地上。

两个抓住罐子刚刚举起的机械手突然停了下来，苏瑶罐子内的透明液体化作浓烈的白雾从孔中“滋滋”冒出。几分钟后，驱逐舰的舱门缓缓地打开，晓鹏和苏瑶拉着手，从巨大的飞行器上跳了下来，他们漫步向前走去。

两山之间，圆形的一大片空地上，硝烟弥漫。一艘飞行器燃烧的熊熊大火还在继续，有的时候火球会忽地腾空冲出，传来阵阵的爆裂之声，阵阵青烟袅袅升起。

不远处，一艘巨大的太空驱逐舰匍匐在地面，像是一只巨大的钢铁怪兽。地面四周到处烟火缭绕，被炸出的大坑小坡此起彼伏，坑里漆黑一片。

远处山峰起伏，层峦叠嶂，没有雾和雨的遮蔽，视野异常开阔，宛如一幅水墨画。靠近战场一侧的湖畔，有的花草已经被烧焦或干枯，但是还有大片大片的鲜花盛开着，色彩缤纷的花朵争奇斗艳。有一大片草地碧绿碧绿的，放眼望去整整齐齐。草丛之间开着一种黄色的花，一片金黄，花瓣仅米粒般大小，一簇连着一簇，远远望去仿佛绿叶丛中点缀着碎金。

璟谧湖早已恢复了平静，水面倒映着蓝白相间的天空。湖上方的天空，连绵起伏的镶着金边或银边的云层在翻动。周围的云轻淡了一些，一团团的如棉花，一阵阵的如波涛，挂在天这边，缀在天那边，把天空装饰得如画一般。更远的地方是万里晴空，圣洁、安静、通透、梦幻、湛蓝，无比高远的穹顶之上仿佛悬着无边无际的蓝色宝石。

两只苍鹰在白云蓝天间肆意翱翔，它们时而钻入厚厚的云层，时而如箭一般从云中射出。它们有时平稳地打着转儿，翅膀一动也不动；有时缓慢地鼓动着双翼，借助气流在空中滑翔；有时将身子一抖，像两颗炮弹一样急速俯冲下去。浩瀚的天际，变幻的风云，在它的眼底一览无遗。它们在高空玩儿了一会儿，开始盘旋下降，舒展着宽大有力的双翼，掠过连绵的群山，盘旋，盘旋……

两只苍鹰的下方，银粉色有“Z”形标志的机甲和银色蓝纹机甲，边走边聊天。

晓鹏：“对了，你说外太空的怪兽或坏人，比 VLAND 多还是少呢？”

苏瑶：“我不知道，比例应该差不多吧。月球算外太空吗？”

晓鹏：“应该算吧。不过我觉得火星上的坏人应该少些吧，怪兽可能会多些，毕竟在那里人都是外来物种。”

苏瑶：“你直接说，你想去哪儿？”

晓鹏：“这个——”

苏瑶：“等等，有点儿乱，我捋捋。最初，我们可是商量好了的，你去找个小妹妹，我去找个老教授。”

晓鹏：“是吗？我怎么不记得。我觉得我们还是再打几年的怪吧。”

苏瑶:“可是我们都没有人爱，怎么办?”

晓鹏:“当然有，咱们是好 CP 啊！我有你，你有我啊！”

苏瑶:“不行，不行，我可不搞姐弟恋。再说了，姐弟的爱和恋人的爱不一样诶。”

晓鹏:“对我来说，有你的爱就可以了，不管是什么样的爱。”

苏瑶:“不行。”

晓鹏:“要不，咱们再打几年怪，等我 20 岁了再讨论这个话题吧。”

苏瑶:“那你还是我的弟弟，是我的搭档，不许对我有什么非分之想。”

初秋，深圳，三四点的太阳已然无力，人们开始准备回家休憩。赛格大厦广场的喷泉池边坐着个老人正在抽烟，每抽一口，他都把头抬起来眯缝起眼睛，从鼻子里喷出的青烟很快就被吹散了。他已经好久没洗头了，头发皱巴巴、油乎乎、脏兮兮的。他一只手不停地挠头，白黄的头皮屑像雪一样纷纷落下。他灰色的西服上有好几块污渍，里面的蓝衬衣和黑马甲倒是很笔挺。

他掏出手机看了看，脸上泛起笑容，两三天的忙活终于成交了一单，一千元，游戏陪练。

他站起来，又吸了一口烟，随后把烟头扔在地上。

他走向每天的据点——不远处的咖啡店，他进门正要走向自己的

电脑，三个男子围了过来，问：“你是司徒然吧？”

“我——你有什么事情？”

“我们是派出所的民警，现在有多起涉及你的重大医疗事故的诉讼案，在法院判决结果出来前，你必须每天二十四小时接受我们的看护和监管。”

北京，望京，北小河公园。何小鹏和苏若瑶都戴着黑框眼镜，两个人都穿着蓝色牛仔裤和黄色的套头衫，上衣有五颜六色的图案，是苏若瑶自己设计并且喷绘上去的。何小鹏拉着苏若瑶的手走到坡顶，从另一侧下台阶进入一个环形广场。

“哎呀，你拉着我跑什么啊！”

“来这边看看，来这边看看。”何小鹏满脸赔笑。

苏若瑶看到广场满地都是花瓣，中间有个圆形台子铺着白布。

"走，咱们去那个白台子上看看。"

"那有什么好看的啊？"

两人刚站在圆形台子上，四周便开过来十几辆托马斯，托马斯围绕着舞台形成扇形停了下来。苏若瑶有点懵圈，说："这里好像有什么活动，咱们赶紧走吧！"

何小鹏："没事儿，他们都是我同事，没什么活动，就是玩儿。"

苏若瑶："可是——"

一面黄白玫瑰组成的花墙被一个巨大的起重臂缓缓地放在白色台子的后面，把苏若瑶吓了一跳，她马上就要走，被何小鹏拉住了。这时突然响起了《今天你要嫁给我》的音乐，所有托马斯的车顶天窗打开了，成百上千的粉色气球环绕在四周，挡风玻璃开始自动播放何小鹏和苏若瑶在一起时的照片和视频。

苏若瑶惊讶地捂住了嘴，转身问："这是——"

好多人从车内出来，围成了一圈，他们手里都拿着可爱的玩偶、彩带、气球，人们欢呼雀跃起来。何小鹏："对了，这些都是我给你准备的。"

这时有人走过来把准备好的一大束红玫瑰递给了何小鹏，何小鹏单膝跪地开始了深情告白："苏若瑶，虽然咱们认识不到两年，但是你已经是我四年的恋人，从我收藏你的第一幅画时起，我就暗暗发誓，将来有一天我一定要和你在一起。这段时间，我们经历过多少次艰难险阻，生死关头、命悬一线的时刻，总有你陪在我身边。虽然那是游戏，但我相信如果在现实中你也会那样做，同样我也会保护你和照顾你的。我们在一起经历了那么多，我相信我们的感情是经得起考验的，我愿意用我的余生来陪伴你、保护你，我也需要你来保护我、欺负我。”

苏若瑶惊慌失措地看着何小鹏，张着嘴半天说不出话来，她感觉她的眼睛已经湿润了。她一只手接过何小鹏递上的玫瑰，另一只手想把何小鹏搀扶起来。

何小鹏从兜里掏出一个黑色的盒子，打开盒子，里面的钻戒闪闪发亮:“苏若瑶，你愿意嫁给我吗？”周围的人开始大声高喊:“嫁给他——”“嫁给他——”“嫁给他——”两辆飞行的托马斯，展开条幅缓缓飞过来，悬停在上空，条幅上写着“MARRY ME”。

苏若瑶突然泪如雨下，她点了点头，泣不成声，问道:“可是我父亲怎么办啊？这么大的事情，我还没跟他商量呢。”

何小鹏指了指人群，不知道什么时候，苏若瑶的父亲已经站在了旁边，他慈祥地笑着，双手不断地鼓掌，眼里泛着泪花。

苏若瑶开心地笑了起来，她接过黑色的小盒子，心形的钻石镶嵌在铂金的戒指上，炫熠多彩，闪闪发光。钻戒旁边的条形卡片上有一行隽丽的小字:“以我之爱，冠你指间；一生相伴，一世相随。”

天空如此蓝澈，连一丝浮絮都没有，仿佛被过滤了一切杂色。太阳悬在空中，光芒万丈，热烈却和煦。

一些细碎而洁白的云块儿，犹如轻纱浮现在天边，白云逐渐多了起来，像是一朵朵白花。

云顶上的苍穹，泛着灰蓝色的光，三轮圆月似三块浅蓝泛白的圆宝石，若隐若现。第三个月亮的线条开始变幻弯曲，形成一只鸟的形状。

地上，公园内，环形广场一侧土坡的水泥台阶上，一个全身长满鳞片的怪人孑然站立，他默默地看着广场上欢呼的人群。他的头上长满了韭菜状的头发，几根“长发”被一个红色的发圈紧紧扎住。远处“砰砰”几声，众人手持的礼炮筒爆开，花瓣、彩条、亮片、金箔腾空而起，冲上云霄，环形广场变成了蘑菇云状的七彩世界。怪人被吓了一跳，浑身哆嗦了几下，他咬着牙把胳膊上的一个鳞片拔出来扔在台阶上，转身钻入了土中。

土坡上，一撮“韭菜”长得格外旺盛，叶子绿油油的，又宽又长，一个红色的发圈就像从叶子中绽开的红艳艳的花。

（完）

后 记

我从1998年接触计算机，2003年开始搞互联网，入行的时候是程序员（工程师）。到现在20年了，我亲历了伟大祖国的快速发展和全面进步，其中以计算机为代表的数字经济更是取得了举世瞩目的成就。

我个人也取得了一些成绩，是业界有些影响力的专家学者，在互联网、区块链、元宇宙方面出版多部（篇）图书、论文，拥有多项软件著作权及成果，在多个研究机构、上市公司担任顾问、研究员或副院长等职。

科学幻想一直是我特别喜欢的事，我从2018年起开始创作科幻小说，还获过中国科普作家协会的奖项。本书以“赛博朋克”的方式“真实”地展现了元宇宙时代的生活、工作、娱乐。男主人公是一名无人驾驶出租车工程师，女主人公是数字艺术家，他们的相识、相知、相恋都是在元宇宙完成的。打怪升级（VR 游戏）、模拟旅游（3D 引擎与实时渲染）、健身竞技（动作捕捉）、经济系统（区块链）、娱乐（沉浸式演艺）、社交（虚拟人技术）、化身（全息投影）、教育（仿真课堂）等元宇宙主要技术均有体现，以喜闻乐见的形式开展了科学普及。

小说讲述了未来发生的有趣、怪异、精彩的多个独立的故事，两个年轻人共同成长，真心相爱，追求正义，维护和平，教人向善。其中一个故事讲的是姐弟联手，在虚拟游戏中调查取证，帮助警署破案，并且最终摧毁暗杀集团阴谋的故事。

科幻与科技相辅相成。科技为科幻提供了素材和基础，科技的发展给了科幻小说一个发挥的空间；科幻小说发挥想象力，具备预见性，可能会促进科技的发展。本书的初衷是“轻松读懂元宇宙”，希望“科普不枯燥，人人爱科技，共建科技强国”，但是限于本人水平和能力，可能存在疏漏和不合理的地方，欢迎读者批评指正，万分感谢。

本书获得了一些朋友的推荐和支持：

《科幻世界》杂志社副总编、《三体》责编　姚海军

华语科幻星云奖联合创始人、中国科普作家协会荣誉理事　董仁威

著名科幻作家、雨果奖获得者　郝景芳

清华大学新闻与传播学院教授、博士生导师　沈阳

中国传媒大学互联网信息研究院副院长、博士生导师　曹三省

北京联合大学新闻与传播系副教授　金韶

《证券日报》社副总编辑　马方业

中国电影营销有限公司副总经理　朱海荣

海南大学教授、博士生导师　段玉聪

中国市场信息调查业协会区块链委员会秘书长　黄永彬

中央美术学院学院网络信息中心主任　孟虹

中国电影票房吧创始人　涂闰深

华商韬略出品人　毕亚军

以下是对本书的评价、祝福和寄语：

元宇宙把现实世界和虚拟世界、肉身人和数字人无缝融合和孪生，人们的生活将因此变得无限丰富、多样和精彩！

——百度创始CTO、海尔智家全球首席数字技术官　刘建国

元宇宙无疑是人类通信方式的一个高峰，未来很有可能会引发教育、娱乐、医疗、养老等各个领域和产业的价值重定义。这是一个值得期待的未来。虽然过程中可能会有波折，但我们注定无法避开它。

——金沙江资本合伙人　马云峰

祝贺高泽龙新书正式出版！我于1997年发表的科幻小说《七重外壳》实际就是稍稍简化的元宇宙，我也在这部小说中表达了对它的担忧。

——中国科幻泰斗、著名科幻作家　王晋康

元宇宙是人类意识世界的延伸，将呈现出三重境界：百花齐放、诸神竞争和人类世超脑。

——武汉大学计算机学院教授、博士生导师　蔡恒进

数字技术把现实世界与虚拟世界跨时空连接起来，重新构架起一个虚实相融的、亦真亦幻的新社会形态。未来的我们，可能真的会生活在亦虚亦实的世界里“游戏人生”。高泽龙先生的新作出版，特别值得期待！

——北京石油化工学院教授、
国家文化科技创新服务联盟专家　王玉海

高泽龙是元宇宙的传教士，一份新的事业需要他这样有热情的人来推动！

——著名科幻作家、未来学家　郑军

祝贺，把元宇宙与文学结合起来，开辟一个新模式！

——中关村大数据产业联盟秘书长、《元宇宙》作者　赵国栋

祝贺新书出版！科技的浪潮滚滚向前，数字文明持续发展，元宇宙承载着人们对未来的追求和向往。

——中国移动通信联合会区块链专业委员会主任委员兼首席数字经济学家　陈晓华

祝贺高泽龙先生新书出版！科技无限，创造无限，但是以人为本，永远不能变。最好的科技，是能够给人类带来福祉的科技，是给地球带来和谐的科技。

——中共中央党校（国家行政学院）教授　李兴国

祝贺泽龙兄关于元宇宙的大作面世，传经送宝，引领潮流。

——北大纵横管理咨询集团创始人　王璞

高泽龙

2022 年 1 月 7 日于北京